寒窯賦

〔宋〕呂蒙正 著
楚豫亭 注譯

呂蒙正詩文軼事集

U0938443

古籍書局
THE ANCIENT WORKS BOOK LIMITED

寒窑賦

作　　者：（宋）呂蒙正 著；楚豫亭 注譯

責任編輯：謙　和

裝幀設計：抱一工作室

出　　版：古籍書局有限公司

香港尖沙咀金巴利道 53 號

E-MAIL：qiandedushu@qq.com

發　　行：香港聯合書刊物流有限公司

香港新界荃灣德士古道 220-248 號荃灣工業中心 16 樓

印　　刷：深圳市精一瑞蘭印刷有限公司

廣東省深圳市龍崗區南嶺龍山工業區 25 號 1-3

版　　次：2025 年 2 月第 1 版第 3 次印刷

定　　價：HK$ 58.00　NT$ 240.00

ISBN 978-988-70850-1-0

Published in Hong Kong,China

導　讀

《寒窰賦》，又稱《破窰賦》《勸世章》《命運賦》《時運賦》等，爲呂蒙正的經典之作，與三國諸葛亮《誡子書》、唐朝張説《錢本草》、明朝張居正《馭人經》合稱爲古代四大「千古奇文」。呂蒙正曾多次拜相，傳説他也兼任太子的老師，而本文正是呂蒙正爲了勸誡太子而創作的。太子閱讀後，一改常態，虛心向他人請教學習。

呂蒙正(946-1011)，字聖功，北宋河南(今河南洛陽)人。太平興國二年(977)狀元，授將作監丞、通判昇州，歷任知制誥、翰林學士等。太平興國八年(983)，擢爲參知政事。端拱元年(988)，與趙普同爲宰相。淳化二年(991)，貶爲吏部尚書。淳化四年(993)，復相。至道元年(995)，罷相，以右僕射出判河南府兼西京留守。咸平四年(1001)，再拜爲宰相。後授太子太師，封萊國公，改封徐國公，又改爲許國公。因病辭官，回歸故里。後來病逝於大中祥符四年(1011)，贈中書令，謚號文穆。祖父呂夢奇，曾任後唐戶部侍郎。父親呂龜圖，曾任北周起居郎。有子七人：呂從簡、呂惟簡、呂承簡、呂行簡、呂務簡、呂居簡、呂知簡。侄子呂夷簡，官至北宋宰相。

呂蒙正是宋眞宗即位後錄取的第一位狀元，也是皇帝爲狀元賜宴寫詩第一人。而且，宋代歷史上三度拜相的僅有趙普和呂蒙正。呂蒙正爲政寬簡，對上直言敢諫，對下寬容雅量，不記人過，以知人善任著稱，堪稱一代賢相。

呂蒙正的故事在當時影響巨大，流傳極廣，加上呂氏三代五位官居宰相(呂端、呂蒙正、呂夷簡、呂公著、呂大防)，家族人才輩出，久負盛名。

相傳呂蒙正年少時，貧寒交加，風餐露宿，住在破窑裏，常去附近寺廟趕齋，生活極其貧窮，求助親朋故舊無門，其淒涼悲慘及至人間極限。因此民謠有云：「窮不過呂蒙正。」相傳某年過年，呂蒙正看見家中無一物，悲傷之餘，寫下一副春聯，上聯爲「二三四五」，下聯爲「六七八九」，橫批爲「南北」，暗喻「缺衣(一)少食(十)」「沒有東西」。這幅漏字聯，構思精妙，不愧是神來之筆，隱隱表達出自身貧窮悲慘的處境。

後來，呂蒙正高中狀元，許多人趨炎附勢，

送禮者甚多。呂蒙正不得已，寫一副對聯勸退來客，上聯爲「舊歲饑荒，柴米無依靠，走出十字街頭，賒不得，借不得，許多內親外戚，袖手旁觀，無人雪中送炭」，下聯爲「今科僥倖，吃穿有指望，奪取五經魁首，姓亦揚，名亦揚，不論王五馬六，踵門慶賀，盡來錦上添花」。(這副對聯另一版本爲「回憶去歲饑荒，五六七月間，柴米盡焦枯，貧無一寸鐵，賒不得，欠不得，雖有近戚遠親，誰肯雪中送炭；僥倖今朝科舉，一二三場內，文章皆合適，中了五經魁，名也香，姓也香，不拘張三李四，都來錦上添花」。)這故事的眞實性待考，但是這副對聯將世態炎涼、人情冷暖刻畫得入木三分。因此，由於呂蒙正這些傳奇經歷，後世一直傳唱不衰，被改編成很多相關戲劇，如《呂蒙正趕齋》《彩樓記》《呂蒙正風雪破窰記》等，利用他的故事教育後人。

《寒窑賦》雖以「賦」爲名，但擺脫長久以來以「七體」爲主客對話的成熟賦體結構，而是利用「說是非」「輪價值」而進行理性說理的賦體結構。在說理中，呂蒙正在《寒窑賦》穿插了自身的經歷作爲重要依據，並列舉歷史上諸多名人命運跌宕起落最終能成就功業的事實，把人間冷暖、世態炎涼勾勒得淋漓盡致，加上鮮明的排比、對偶和形象比喻，描繪出一幅古代社會的「世俗圖」。《寒窑賦》所宣揚的安於命運、靜待時運的觀念，歷來深受人們批評。但是，實際上《寒窑賦》以所謂現身說法的方式，理中入情，情理交互，從而成爲賦文中最打動人、說服人的內容。而且，《寒窑賦》流傳至今，具有它特有的魅力，經過人們代代相傳，文中所傳達的道理早已達到勸誡世人的效果。

《寒窑賦》通俗易懂，讀來朗朗上口，其狀

物之精妙、明理之深透，對社會、對人生的現象看得深遠精闢，加上主人公背後的故事充滿傳奇色彩，一度在民間廣泛傳播。由於《寒窑賦》版本頗多，內容大體上相似，因此在文後附錄流傳比較廣的兩篇《寒窑賦》。然而目前能看到的《寒窑賦》最早版本爲國家圖書館藏晚清文元堂刻本，距離宋朝將近一千年，因此不少人認爲此文爲托名呂蒙正的著作。

有一點需要說明的是，無論《寒窑賦》是眞的出自呂蒙正之手，還是附會的僞作，已經不再重要了；重要的是，爲大衆所接受的，並能啓迪大衆的，將其中凝聚的民間性和文人性智慧傳播開來，併發揚光大，眞假已經不再是商討甚至爭論的焦點，而是其中蘊含的智慧，能爲人們所接受。另外，相傳《寒窑賦》爲呂蒙正勸誡太子而作的作品。其實，呂蒙正因爲患病無法正常履職而多次上書請求罷職，宋眞宗爲表示對老臣的優待，於咸平六年(1003)罷免其相位而晉升他爲太子太師。後人不明就裏而望文生義，認爲此官職爲太子的老師。此時宋眞宗早已登基爲帝。即使是後來的宋眞宗第六子宋仁宗趙禎，才於天禧二年(1018)被立爲太子。而且，在宋初，太子太師沒有教導太子的責任，是榮譽性加銜，不負責任何崗位職責，只確定待遇。

爲了讓讀者更全面、更深入瞭解呂蒙正相關事蹟，故在文末附錄了《寒窑賦》版本二、《寒窑賦》版本三、《宋史·呂蒙正傳》、《呂蒙正軼事選》(用漢字數詞表示大概順序)、富弼《呂文穆公蒙正神道碑》、呂蒙正所著詩句及其《大宋重修兗州文宣王廟碑銘(並序)》、王禹偁《上史館呂相公書》《代呂相公辭起復第二表》《代呂相公讓右僕射表》、《<(乾隆)淯川縣志>·呂蒙正》。其中將《寒窑賦》進行簡單分段，且注釋、翻譯並加以簡單解讀，《寒窑賦》版本二、版本三和附錄中的《宋史·呂蒙正傳》《呂蒙正軼事選》《大宋重修兗州文宣王廟碑銘（並序）》較長文段則簡單分段，並全文簡單翻譯。

由於水準所限，難免存在不妥之處，懇請廣大讀者批評指正。

目 錄

寒窑賦 ………………………………………………… 11

附錄一：《寒窑賦》版本二 ……………………… 44
附錄二：《寒窑賦》版本三 ……………………… 54
附錄三：宋史·呂蒙正傳 ………………………… 58
附錄四：呂蒙正軼事選……………………………… 82
附錄五：呂文穆公蒙正神道碑 ……………………130
附錄六：呂蒙正詩句 ………………………………142
附錄七：大宋重修兗州文宣王

廟碑銘并序……146
附錄八：上史館呂相公書……165
附錄九：代呂相公辭起復第二表……168
附錄十：代呂相公讓右僕射表……170
附錄十一：《(乾隆)洧川縣誌》·呂蒙正……172

寒窑賦

天有不測①風雲，人有旦夕禍福②。蜈蚣百足③，行不及蛇；雄雞兩翼，飛不過鴉。馬有千里之程，無騎不能自往；人有沖天④之志，非運不能自通。

【注釋】①不測：指難以意料，不可知。多指意外。

②禍福：指災殃與幸福。

③蜈蚣百足：蜈蚣別名百足蟲、百腳蟲等，為

陸生節肢動物，身體由許多體節組成，每一節上均長有步足，故為多足生物。目前可知，最大的蜈蚣有177對足。

④沖天：直向天空。

【譯文】上天有難以預料的風雲變化，人們有無法預料的災殃幸福。蜈蚣雖然有上百只腳，但前行速度卻比不上蛇；雄雞雖然有兩只翅膀，但飛行能力卻不如烏鴉。駿馬雖然有日行千里的能力，但沒有騎手駕馭而它也無法自行到達目的地；人們雖抱有直沖雲天的壯志，但沒有好的時運也難以實現自己的理想。

【解讀】《寒窑賦》開篇即點出了自然界和人生的共同特點——不可預測性。天上的風雲變幻莫測，人生中的禍福旦夕之間就可能發生轉變。這不僅僅是對自然現象和人生境遇的一種簡單描述，它更深層次地傳達了宇宙間萬物變化無常的哲理。我們要明白的是，這種不確定性既是生活的常態，也是對人類智慧和勇氣的考驗。

通過自然界中生物能力的對比，進一步闡述了命運的不公和個體能力的局限性。蜈蚣雖然擁有眾多的足，但在行走速度上卻不及靈活的蛇；雄雞雖然擁有雙翼，但在飛行能力上卻比不上烏鴉。這些例子生動地說明了，即使生物擁有某些看似優越的條件，也可能因為其他因素的限制而無法充分發揮其優勢。同樣，人在社會中也會受到各種條件的制約，使得個人的努力和才能並不總能得到應有的回報。而且，這種對比不僅展示了自然界中的多樣性和復雜性，也隱喻了人類社會中個體能力的差異和局限。

將自然界的生物與人類社會中的個人進行了類比。千里馬雖然擁有日行千里的能力，但如果沒有騎手駕馭，它也無法自行到達目的地。同樣，人雖然有著遠大的志向和抱負，但如果沒有好的時運相助，也很難實現自己的理想和目標。這裏強調了命運在個人成功過程中的重要作用，即使個人才華橫溢、志向高遠，也需要「運」的眷顧才能成就一番事業。所說的「運」，我們可以理解成，它不僅指的是機遇和運氣，更包括社會環境、人際關係、個人努力等多種因素的綜合作用。

因此，這段文字通過自然界和人類社會中的生動例子，向我們傳達了關於命運、能力和成功的深刻思考，深刻揭示了命運的無常和個體能力的局限性。所以在面對生活的挑戰和變故時，我們應保持平和的心態和理性的態度；在認識自己的過程中，應正視自己的不足並珍惜自己的優勢；在追求夢想的過程中，則需要關注外部條件並善於利用它們來助力自己的成功。這樣，我們才能在復雜多變的人生道路上保持穩健的步伐和堅定的信念，實現人生理想。

蓋聞人生在世，富貴不能淫，貧賤不能移①。文章蓋世，孔子厄於陳邦②；武略超群，太公釣於渭水③。顏淵④命短，殊非兇惡之徒；盜蹠⑤年長，豈是善良之輩。堯帝⑥明聖，卻生不肖之兒；瞽叟⑧愚頑，反生大孝之子。張良⑨原是布衣，蕭何⑩曾爲縣吏。晏子⑪身無五尺，封作齊國宰相；孔明⑫臥居草廬，能作蜀漢軍師。楚霸⑬雖雄，敗於烏江自刎；漢王⑭雖弱，竟有萬里江山。李廣⑮有射虎之威，到老無封；馮唐⑯有乘龍之才，一生不遇。韓信⑰未遇之時，無一日三餐，及至遇行，腰懸三尺玉印，一旦時衰，死於陰人[18]之手。

【注釋】①「富貴」句出自《孟子·滕文公下》。

②孔子：子姓，孔氏，名丘，字仲尼，祖籍宋國，生於春秋魯國陬邑(今山東曲阜)。中國著名思想家、教育家、政治家。儒学学派的创始人。相傳有弟子三千，其中有賢人七十二。曾刪定六經。陳邦：即春秋戰國時期中原列國的重要國家之一。公元前1046年，周武王將舜帝后裔妫满封于陈地，是为胡公。公元前479年，楚國伐陳，陳緡公被殺，國亡。孔子曾在陳國講學，楚昭王聞孔子名，準備禮請孔子到楚國，陳國害怕不利于本國，將孔子及其弟子圍困在陳、蔡之間。孔子及其弟子被困后斷糧七日，只得以野菜充飢。

③太公：即姜尚，字子牙，別稱呂尚，被尊稱

為太公望，後人多稱其為姜子牙、姜太公。曾以垂釣、賣食、屠牛、賣卜為生。七十二歲在渭水之濱垂釣，遇周文王，任为太师，后輔佐周武王滅商有功，封於齊，成為齊國的始祖。

④顏淵：名回，字子淵。春秋末期魯國人。是孔子最賢能、最得意的弟子。早夭。後世尊稱其為復聖。顏回去世時，孔子痛心說道：「噫！天喪予！天喪予！」

⑤盜蹠：據說為名為蹠的大盜。春秋末期人，因居住于柳下屯(今山東)，故稱為柳蹠。

⑥堯帝：姓伊祁，名放勳，號陶唐氏，帝嚳之子，黃帝玄孫。中國上古時期傳說的帝王，為五帝之一。長子丹朱，司馬遷《史記·五帝本紀》：「堯知子丹朱之不肖，不足以授天下，於是乃權授舜。」

⑧瞽叟：舜与象之父。據司馬遷《史記·五帝本紀》：「舜父瞽叟盲，而舜母死，瞽叟更娶妻而生

象，象傲。瞽叟愛後妻子，常欲殺舜，舜避逃；及有小過，則受罪。順事父及後母與弟，日以篤謹，匪有解。……舜順適不失子道，兄弟孝慈。」

⑨張良：字子房，亳州城父人，西漢開國功臣、政治家。與韓信、蕭何並稱漢初三傑。去世後，被封為留侯，謚為文成侯。後世敬其謀略出眾，稱其為「謀聖」。

⑩蕭何：字伯升，西漢開國功臣、政治家。與韓信、張良並稱漢初三傑。助力建立漢朝。在建立漢朝後，擔任相國。后與呂後合計誅殺韓信。

⑪晏子：名嬰，字仲，謚平，春秋时期著名政治家、思想家、外交家。齊國上大夫晏弱之子。後人著有記載晏嬰言行的《晏子春秋》。

⑫孔明：即諸葛亮(181-234)，字孔明，號卧龙，東漢三國時人，三國蜀漢丞相。在世時被封為武鄉侯，死後追謚忠武侯。寫有前後《出師表》《誡

子書》等。

⑬楚霸：即西楚霸王項羽，名籍，字羽，楚國名將項燕之孫。秦亡後稱西楚霸王，與劉邦爭奪天下，最終兵敗垓下，突圍至烏江邊自刎而死。

⑭漢王：即漢高祖劉邦，西漢開國皇帝。初為秦朝沛縣泗水亭長，後起義與諸侯滅秦，與項羽爭奪天下，最終勝利，即皇帝位，史稱漢高祖，定都長安，建立漢朝(史稱西漢)。寫有《大風歌》等

⑮李廣：隴西成紀(今甘肅天水)人，西漢名將，匈奴稱之為飛將軍。先後歷任邊境八郡太守。後因在漠北之戰中迷失道路而羞愧自殺。

⑯馮唐：西漢大臣。以孝行著稱于時，為中郎署長。雖歷經三朝，但得不到重用，到漢武帝廣求賢才時，馮唐年逾古稀，心有餘而力不足。後世學者文人通常用馮唐來感慨生不逢時或表示年邁。

⑰韓信：淮陰人，西漢開國功臣、軍事家。與

蕭何、張良並稱漢初三傑。著有兵書三篇，曾與張良整理兵家著作，收集、補訂軍中律法。被後人奉為「兵仙」「戰神」。

⑱陰人：指漢高祖皇后呂雉。古人認為男為陽，女為陰。韓信謀反之事被暴露，呂雉與蕭何謀劃，用計召來韓信，最終在長樂宮鐘室將韓信殺死。《史記·淮陰侯傳》：「（韓信臨死前說）吾悔不用蒯通之計，乃為兒女子所詐。」

【譯文】我聽説人生在世間，身處富貴之中不能放縱享樂，貧賤之時不能改變志向。學問舉世無雙，即使是孔子也曾在陳國遭遇困境；武略超羣，即使是姜子牙也在渭水邊垂釣等待時機。顏淵雖然命短，但他絕不是兇惡之人；盜蹠雖然年長，但他絕不是善良之輩。堯帝英明聖賢，卻生了不肖之子丹朱；瞽叟愚鈍頑固，卻生了孝順之兒舜帝。張良原本只是普通百姓，蕭何曾經擔任秦朝縣吏。晏子身高不足五尺，卻成為齊國的宰相；諸葛亮隱居草廬，卻能擔任蜀漢的軍師。西楚霸王項羽雖然英勇，但最終兵敗在烏江自刎；漢高祖劉邦雖然起初勢弱，但最終擁有了萬里江山。李廣有射虎的威名，但到老也沒有得到封賞；馮唐有輔佐帝王的才能，卻一生未得到重用。韓信在未被重用時，尚且不能保證一日三餐；但當他得到重用後，腰懸三尺玉印，權傾一時；然而一朝時運不濟時，卻死於呂后之手。

【解讀】這段文字通過列舉歷史上眾多人物的不同命運，深刻揭示了人生的復雜性和多樣性，同時也傳達了關於道德、才華、機遇與命運的重要哲理。

首先，開篇「蓋聞人生在世，富貴不能淫，貧賤不能移」，強調了人在面對富貴與貧賤時應保持的道德底線和堅定信念。無論身處何種境遇，都不應被外在物質條件所左右，而應堅守自己的原則和價值觀。

接著，通過孔子、太公（姜尚）、顏淵、盜蹠等歷史人物的故事，展示了才華與境遇之間的不必然聯繫。孔子文章蓋世，卻在陳國遭遇困境；太公武略超群，卻需垂釣渭水以待時機。顏淵品德高尚卻命短，盜蹠作惡多端卻長壽，這些都說明人生的福禍並不完全取決於個人的品行或才能。

隨後，通過堯帝之子丹朱與瞽叟之子舜帝、張良與蕭何、晏子與孔明等對比，進一步揭示了命運的無常和個體間的差異性。堯帝明聖，卻生下了不肖之子丹朱；瞽叟愚頑，卻生下了大孝之子舜帝。張良、蕭何、晏子、孔明等人出身各異，但均憑藉自身才華和努力取得了卓越成就，這說明，出身並不決定一切，個人的努力和才華同樣重要。

接下來，楚霸王項羽與漢王劉邦的對比，則展示了成功與失敗之間的復雜關係。項羽雖英勇無敵，卻最終敗於烏江自刎；劉邦雖起初勢弱，卻最終建立了萬里江山。這說明，勝負並非完全取決於個人的勇武或力量，戰略、智慧和機遇同樣重要。

最後，通過李廣、馮唐、韓信等人的故事，強調了命運的無常和機遇的寶貴。李廣有射虎之威，卻到老無封；馮唐有乘龍之才，卻一生不遇。韓信在未遇明主之前生活困頓，一旦得到重用便迅速崛起，但最終也因時運不濟而死於陰謀之手。這些故事說明，在追求夢想的過程中，機遇至關重要，但也要做好面對失敗和挫折的準備。

因此，這段文字通過豐富的歷史事例和深刻的哲理思考，展示出人生的復雜性和多樣性，傳達了關於命運、才華、機遇、努力、堅持、選擇和品德的深刻道理。它告訴我們，在面對富貴與貧賤、成功與失敗時，應保持堅定的信念和樂觀的態度；在追求夢想的過程中，既要努力提升自身能力又要珍惜每一次機遇；同時，也要認識到命運的無常和不可預測性，以平和的心態去接受和應對生活中的各種挑戰和變故。

有先貧而後富，有老壯而少衰。滿腹文章，白髮竟然不中；才疏學淺，少年及第登科[①]。深院宮娥，運退反爲妓妾；風流妓女，時來配作夫人。青春美女，卻招愚蠢之夫；俊秀郎君，反配粗醜之婦。蛟龍[②]未遇，潛水於魚鱉之間；君子

失時，拱手於小人之下。衣服雖破，常存儀禮之容；面帶憂愁，每抱懷安[3]之量。時遭不遇，只宜安貧守份；心若不欺，必然揚眉吐氣。初貧君子，天然骨骼生成；乍富小人，不脫貧寒肌體。

【注釋】①及第：指中國古代科舉考試考中，特指考中進士。明清兩代則指殿試前三名。宋代高承《事物紀原》：「隋唐以來，進士諸科，遂有及第之目。」登科：指中國古代科舉時應考者被錄取。亦稱登第。唐代裴說《見王貞白》：「共賀登科後，明宣入紫宸。」

②蛟龍：古代傳說中能發水的一種龍。漢代王充《論衡·龍虛》云：「蛟則龍之類也，蛟龍見而雲雨至。」

③懷安：意為心懷安定。

【譯文】有的人先是貧窮而後富有，有的人老當益壯而年少時衰弱。滿腹經綸的人，可能到老都未能中舉；而才疏學淺的人，卻可能在年少時就科舉及第。深宮中的宮女，時運消退後反而淪為妓妾；而風流的妓女，時來運轉時可能成為貴夫人。青春美貌的女子，可能嫁給愚蠢的丈夫；而俊秀的郎君，卻可能娶到粗陋的妻子。蛟龍在未被發現時，只能潛伏在魚鱉之中；君子在時運不濟時，不得不向小人服從。即使衣服破舊，也要保持應有的禮儀和容貌；即使面帶憂愁，也要常常保持內心的平和與安寧。時運不濟時，應該安於現狀，保持本分；只要內心不欺騙自己，總有一天會揚眉吐氣。起初貧窮的君子，其氣質和品格是與生俱來的；而突然暴富的小人，其貧寒的習氣卻難以改變。

【解讀】這段文字繼續以生動的比喻和豐富的例證，深刻闡述了人生境遇的起伏變化以及個人品德與命運之間的微妙關係。

首先，它揭示了命運的多面性——無論是從貧窮到富貴的轉變，還是從年少體衰到老當益壯的歷程，都展示了人生旅途中的不可預測性。這種多面性不僅體現在物質層面的變化，更深刻地觸及到個人身份、地位乃至精神狀態的波動。這反映了人生無常、福禍相依的道理。

其次，還通過對比不同人物的命運軌跡，強調了個人才華與命運之間的復雜關係。有時候，才華橫溢的人可能因為種種原因未能得到應有的認可，而看似平凡的人卻可能因為某個契機而一飛沖天。這提醒我們，在追求成功的過程中，除了努力提升自己的能力外，還需要保持對機遇的敏感度和對命運的敬畏之心。

更重要的是，它強調了個人品德在命運變遷中的關鍵作用。無論是身處順境還是逆境，保持內心的純淨與高尚都是至關重要的。它告訴我們，即使外在條件再艱苦，只要我們能夠堅守自己的道德底線和人生原則，就能夠保持內心的平和與尊嚴。這種品德的力量不僅能夠讓我們在困境中保持堅韌不拔的精神，還能夠在順境中讓我們不忘初心、繼續前進。

此外，這段文字還通過「安貧樂道」與「揚眉吐氣」的對比，鼓勵我們在面對生活的不如意時保持積極向上的心態。它告訴我們，無論現在的生活狀況如何，都不應該放棄對美好未來的追求和信心。只要我們能夠堅守自己的信念和理想，不斷努力和奮鬥，就一定能夠迎來屬於自己的輝煌時刻。

最後，這段文字通過「初貧君子」與「乍富

小人」的對比，揭示了貧富與品德之間的深層聯繫。它告訴我們，真正的富有不僅僅體現在物質層面上的富足與奢華，更體現在精神層面上的高尚與純粹。一個品德高尚的人即使身處貧困之中也能夠保持自己的尊嚴和價值；而一個品德低劣的人即使擁有再多的財富也無法掩蓋其內心的空虛與卑劣。貧富並不是衡量一個人價值的唯一標準，更重要的是他的品德和修養。

因此，這段文字通過豐富的例證和深刻的哲理思考，不僅是對人生百態的深刻描繪和感慨，更是對個人品德與命運之間關係的深刻思考和啟示，也向我們展示了人生境遇的多樣性和不可預測性，以及個人品德與命運之間的微妙關係。它鼓勵我們在面對困境時保持尊嚴和志向，堅守品德和原則；同時也提醒我們不要過分追求物質財富而忽視了內心的修養和精神的追求。

天不得時，日月無光；地不得時，草木不生；水不得時，風浪不平；人不得時，利運不通。注福注祿，命裏已安排定，富貴誰不欲？人若不依根基八字[1]，豈能爲卿爲相？

【注釋】①八字：用天干和地支表示一個人出生的年、月、日、時的八個字。

【譯文】上天不得其時，日月也會失去光芒；大地不得其時，草木也無法生長；流水不得其時，則風浪不平；人們不得其時，則難以順利發展。福祿富貴都是命中註定的，富貴有誰不想要呢？人如果不依據自己的根基和命運去努力，又怎能成為高官顯貴呢？

【解讀】這段文字開篇便以自然界的宏大景象來闡述「時」的重要性，即通過自然界的三個例子——上天、大地、流水，來說明「時」的重要性。這裏的「時」可以理解為宇宙間萬物運行的自然規律、環境條件或是歷史機遇。對這些自然現象的描繪，旨在強調世間萬物的發展都需要一個適宜的環境和時機。

接下來，「人不得時，利運不通」一句，就將「時」的概念引入到了人類社會，特別是個人命運的層面。它告訴我們，人在追求利益、事業或成功的過程中，也會受到時機的制約。如果時機不對，即使付出再多的努力，也可能難以達到預期的效果。但這並不意味著我們應該完全放棄努力，因為「注福注祿，命裏已安排定」雖然帶有一定的宿命論色彩，但它同時也暗示了命運並非完全不可改變。個人的「根基」「八字」在很大程度上決定了我們能夠走多遠，但如何在這既定的命運框架內發揮最大的潛力，則需要我們自己的努力和智慧。另外，這裏的「利運」可以理解為個人的運勢、事業或財富的流轉，而「不通」則揭示了缺乏天時地利時的困境。

但並未完全轉向消極，一句「富貴誰不欲」，直接點出了人性中對富貴的渴望和追求。然而，接下來的「人若不依根基八字，豈能為卿為相？」則是對這種追求的一種理性提醒。它告訴我們，在追求富貴的過程中，不能盲目地追求外在的名利地位，而忽視了自身的實際情況和內在條件。只有根據自己的根基和八字（即個人的命運、性格、能力等因素），腳踏實地地努力，才有可能實現自己的富貴夢想。

因此，《寒窑賦》的這段文字通過生動的自

然比喻和深刻的人生哲理，向我們展示了天時、地利、人和在個人命運中的重要作用，同時也提醒我們在追求富貴的過程中要保持理性和清醒的頭腦。它告訴我們，既要順應時勢、把握機遇，又要根據自身的實際情況和內在條件來制定合理的人生規劃。只有這樣，我們才能在人生的道路上走得更遠、更穩。

吾昔寓居洛陽，朝求僧餐[①]，暮宿破窑，思衣不可遮其體，思食不可濟[②]其饑，上人憎，下人厭，人道我賤，非我不棄也。

【注釋】①僧餐：僧人飯食，即齋飯。
②濟：滿足，幫助。

【譯文】我過去曾寓居在洛陽，早上求僧人

的齋飯充饑，晚上則住在破舊的窑洞裏，想穿件衣服都遮不住身體，想吃點東西也填不飽肚子。地位顯貴的人厭惡我，普通百姓也嫌棄我，人們都說我很卑賤，不是我不想擺脱這種困境。

【解讀】這段文字以其質樸而深情的筆觸，描繪了作者昔日寓居洛陽時的一段艱難歲月，同時也透露出作者面對困境時的堅韌與不屈。

首先，這段文字不僅僅是對物質貧困的簡單描述，更是對精神困境的一種深刻反映。「吾昔寓居洛陽，朝求僧餐，暮宿破窑」，這句話開篇即點明了時間和地點——作者曾經在洛陽寄居。這裏的「朝求僧餐，暮宿破窑」生動地描繪了作者當時的貧困與無助。早晨需要向寺廟的僧人乞求食物（僧餐），晚上則只能棲身於破敗的窑洞之中（破窑）。這兩個場景，一個是生活的最基本需求——食物，一個是居住的最基本條件——遮風避雨之處，都顯得如此艱難與不堪，足見作者當時的生活狀況之惡劣。

「思衣不可遮其體，思食不可濟其饑」，這兩句不僅描繪了作者物質上的極度匱乏，更透露出他內心對於尊嚴與生存的基本渴望。在極端貧困的條件下，人最本能的需求——遮體禦寒、填飽肚子——都變得如此遙不可及。這種對比之下，更加凸顯了作者所承受的苦難之重。這種對基本生活需求的渴望與無法滿足之間的矛盾，讓人深感同情與無奈。

「上人憎，下人厭，人道我賤，非我不棄也」，這幾句則揭示了社會對於在當時的社會環境中，貧困往往被視為一種恥辱和罪過，貧困者也因此遭受著來自各個階層的歧視與排斥。作者在這裏通過「上人憎，下人厭」的描繪，生動地展現了這種社會現象。然而，他並沒有因此而自暴自棄，反而以「非我不棄也」的堅定態度，表達了自己對於尊嚴和價值的堅守。這種堅守不僅是對自我價值的肯定，更是對命運的抗爭。

因此，這段文字不僅是對作者昔日貧困生活的真實寫照，更是對他堅韌不拔、勇於抗爭精神的生動詮釋。他沒有因為生活的艱難而放棄對美好生活的追求，也沒有因為社會的冷眼與歧視而失去自我。相反，他以更加堅定的信念和更加努力的姿態去面對生活，最終實現了自己的逆襲與成功。

今居朝堂，官至極品①，位置三公②，身雖鞠躬於一人之下，而列職於千萬人之上，有撻百僚之杖，有斬鄙吝③之劍，思衣而有羅錦千箱，思食而有珍饈百味，出則壯士④執鞭，入則佳人捧

觴，上人寵，下人擁。人道我貴，非我之能也，此乃時也、運也、命也。

【注釋】①極品：指最高的官位，在古代多指官至宰相。極：最高点，顶端。

②三公：古代中央三種最高官銜的合稱，為司馬、司徒、司空，一說為太師、太傅、太保。

③鄙吝：指庸俗貪鄙之人。

④壯士：指武士裝束的人。

【譯文】現在我身居朝堂高位，官職達到了極致，位列三公。雖然我在一人之下彎腰行禮，但我的職位卻在千萬人之上，擁有責罰百官的權杖，手握斬殺奸佞的利劍，想要穿衣就有千箱羅錦可供選擇，想要吃飯就有百種珍饈可供品嘗。出門時有身穿鎧甲的士兵為我執鞭開路，回家時有佳人為我捧杯獻酒，地位顯貴的人推崇著我，普通百姓簇擁著我。人們都說我很尊貴，不是我憑自己的能力得到這些的，而是時、運、命三者使然。

【解讀】這段文字深刻描繪了作者從昔日貧困潦倒到如今身居高位、權勢顯赫的巨大轉變，同時也表達了對命運、時運的深刻思考。

首先，「今居朝堂，官至極品，位置三公」，直接點明了作者當前的地位和身份——他已經不再是那個朝求僧餐、暮宿破窑的貧困者，而是成為了朝堂之上的高官，甚至官至極品、位列三公。這種轉變不僅僅是物質生活的豐富，更是社會地位和人生價值的巨大提升。這種對比不僅凸顯了命運的不可預測性，也強調了個人奮鬥與時運相結合的重要性。

其次，作者通過描述自己身居高位後的生活場景，如「有撻百僚之杖，有斬鄙吝之劍」「思衣而有羅錦千箱，思食而有珍饈百味」等，展現了權力與財富的誘惑與魅力。

然而，在享受這一切的同時，作者並沒有忘記自己的過去和現在的根源。「上人寵，下人擁。人道我貴，非我之能也，此乃時也、運也、命也。」他深知自己的成功並非完全依靠個人的能力，而是得到了上天的眷顧和時運的相助。同時，他也明白自己的地位並非永恆不變，而是隨著時運的變遷而起伏。這種清醒認識，體現了作者的高尚品德和深刻智慧，為我們提供了一種正確的人生觀和價值觀。

因此，這段文字不僅展現了作者從貧困到富貴的巨大轉變，更表達了他對時、運、命三者的深刻思考和敬畏之心。它告訴我們：人生的成功與失敗往往受到多種因素的影響。它提醒我們要珍惜眼前的一切，保持內心的平靜與自由；要理性看待權力和財富，追求真正的人生價值；要正視命運和時運的作用，但也要堅定個人努力的信念；要保持謙卑與敬畏之心，以更加成熟和穩重的人生態度去面對未來的人生道路。

嗟呼！人生在世，富貴不可盡用，貧賤不可自欺，聽由天地循環，周而復始焉[①]。

【注釋】①「聽由」句：體現了中國古人的循環觀（亦稱圜道觀），是中國傳統文化中的觀念之一，因此有人認為宇宙和萬物永恆地循著周而復始的環周運動，一切自然現象和社會人事的發生、發展、消亡，都在環周運動中進行。《荀子•王制》：「始則終，終則始，若環之無端也。」

【譯文】唉！人生在世，富貴不能盡情揮霍無度，貧賤時也不能自我欺騙。一切都要順應天地的循環規律，周而復始地運行著。

【解讀】這段文字的深刻哲理，主要探討了人生在世對於富貴與貧賤的應有態度，以及對於自然規律（天地循環）的順應與理解。

「嗟呼！人生在世」，便以沉重的歎息引入，表達了作者對人生在世這一主題的深沉感慨。這不僅僅是對生命存在的簡單陳述，更蘊含了對人生百態、世事無常的深刻體會。

「富貴不可盡用」，這句話告誡我們，富貴雖然令人嚮往，但不可過度揮霍、濫用。富貴是人生的一種境遇，但它並非人生的全部。如果過度的追求和濫用卻可能讓人陷入精神的空虛和迷茫。真正的幸福並非僅僅來源於物質的堆砌，而是內心的平和與滿足。因此，我們應該理性看待富貴，珍惜並合理利用它，避免陷入物質的泥潭。

「貧賤不可自欺」，這句話則是對貧賤境遇下人們心態的提醒。在貧賤之中，人們往往容易感到自卑、沮喪甚至絕望。這句話鼓勵我們在逆境中保持自尊和自信，不應自欺欺人地逃避現實。貧賤是生活的一部分，它考驗著我們的意志和毅力。只有正視貧賤、勇於面對挑戰，我們才能在逆境中成長和進步。

「聽由天地循環，周而復始焉」，這句話則是對自然規律的深刻領悟。天地萬物都在不斷地循環往復中運行著，這是自然界的普遍規律。人生也是如此，無論富貴還是貧賤，都是生命循環中的一部分。所以，我們應該以更加開放和包容的心態去接受這一切，理解並順應自然規律的運行。同時，我們也應該明白，每一次的循環和轉變都意味著新的開始和機遇，我們應該珍惜這些時刻並努力把握它們。

因此，這段文字《寒窑賦》中的深刻哲理告訴我們：在人生旅途中，無論遇到富貴還是貧賤的境遇，我們都應該保持平和的心態和正確的態度去面對。富貴不可濫用，貧賤不可自欺；同時，我們也要順應自然規律，珍惜每一個當下，努力活出自己的精彩和價值。

附錄一：《寒窑賦》版本二

天地有常用，日月有常明，四時有常序，鬼神有常靈。天有寶，日月星辰。地有寶，五穀金銀。家有寶，孝子賢孫。國有寶，正直忠良。合天道，則天府鑒臨。合地道，則地府消愆。合人道，則民用和睦。三道既合，禍去福來。天地和，則萬物生。地道和，則萬物興。父子和，而家有濟。夫婦和，而義不分。時勢不可盡倚，貧窮不可盡欺，世事翻來覆去，須當周而復始。

【譯文】天地有它恒常的規律，日月有它不變的明亮，四季有它固定的順序，鬼神有它常在的靈驗。天地的寶藏，是日月星辰。大地的寶藏，是五穀和金銀。家庭的寶藏，是孝順賢能的子孫。國家的寶藏，是正直忠良的臣子。遵循天道，就能得到上天的庇佑；順應地道，就能消除地府的罪過；符合人道，百姓就能和睦相處。三者都合，就能災禍遠離，福氣降臨。天地和諧，萬物就能生長。地道和諧，萬物就能興旺。父子和睦，家庭就能富足；夫婦和諧，道義就不會離散。時勢不可完全依賴，貧窮也不應被完全輕視。世事總是變化無常，但終究會周而復始，循環不息。

余昔居洛陽之時，朝投僧寺，夜宿破窑。布衣不能遮其體，饘粥不能充其饑。上人嫌，下人憎，皆言余之賤也，余曰：非賤也，乃時也，運也，命也。余後登高及第，入中書，官至極品，位列三公，思衣則有綺羅千箱，思食則有百味珍饈，有撻百僚之杖，有斬佞臣之劍，出則壯士執鞭，入則佳人扶袂，廩有餘粟，庫有餘財，人皆言余之貴也，余曰：非貴也，乃時也，運也，命也。

【譯文】我過去住在洛陽時，早晨去寺廟求食，晚上住在破窑裏。衣服破舊遮不住身體，稀粥也難以果腹。地位顯貴的人嫌棄我，普通百姓厭惡我，都說我很卑賤。但我說：這不是卑賤，而是時、運、命使然。後來我科舉及第，入值中書省，官至極品，位列三公，想要穿衣就有千箱綺羅選擇，想要吃飯就有百種珍饈挑選，手中有責罰百官的權杖，有斬殺奸臣的利劍，出門時身穿鎧甲的士兵為我執鞭開路，回家時佳人扶我衣袖，糧倉有餘糧，庫房有餘財，人們都說我很尊貴，但我說：這不是尊貴，而是時、運、命使然。

蛟龍未遇，暫居雲霧之間。君子失時，屈守小人之下。命運未通，被愚人之輕棄。時運未到，被小人之欺淩。初貧君子，自怨骨格風流。乍富小人，不脫俗人體態。生平結交惟結心，莫論富貴貧賤。深得千金，而不爲貴，得人一語，而勝千金。吾皆悼追無恨人，富貴須當長保守。

【譯文】蛟龍在未遇到機會時，只能暫時棲息在雲霧之中。君子在喪失時機時，會屈居於小人之下。命運不順暢時，會被愚人輕視厭惡；時運未到時，會被小人欺負凌虐。起初貧窮的君子，自我抱怨骨格風流；突然暴富的小人，卻仍然擺脱不了俗人的氣質。一生結交朋友，最重要的是交心，而不是看對方的富貴貧賤。得到千金財富，並不算什麼高貴；但得到一句知心話，卻勝過千金。我感歎那些沒有遺憾的人，富貴應當長久保持著。

蘇秦未遇，歸家時，父母憎，兄弟惡，嫂不下紝，妻不願炊，然衣錦歸故里，馬壯人強，螢光彩布，兄弟含笑出戶迎，妻嫂下階傾己顧，蘇秦本是舊蘇秦，昔日何陳今何親。自家骨肉尚如此，何況區區陌路人，抑猶未也。

【譯文】蘇秦在未得志時，回到家中，父母嫌棄他，兄弟厭惡他，嫂子不給他縫衣服，妻子也不願為他做飯。但當他衣錦還鄉時，馬匹強壯，隨從眾多，所穿之衣光彩照人，兄弟帶著笑容出門迎接他，妻子和嫂子也下階來巴結他。蘇秦還是那個蘇秦，當初多麼疏遠今日多麼親近。自家的親人尚且如此勢利，更何況是那些陌生人呢？但這還不是最過分的。

文章冠世，孔子尚厄於陳邦；武略超群，太公曾釣於渭水。顏回命短，豈是兇暴之徒；盜跖年長，自非賢良之輩。帝堯天聖，卻養不肖之男；瞽叟頑嚚，反生大孝之子。甘羅十二爲宰相，買臣五十作公卿。晏嬰身長五尺，封爲齊國宰相。韓信力無縛雞，立爲漢朝賢臣，未遇之時，口無一日饔飧，及至興通，身受齊王將印，嚇燕取趙，統百萬雄兵，一旦時休，卒於陰人之毒手。李廣有射虎之威，到老無封；馮唐有安邦之志，一世無遇。

【譯文】文章冠世，孔子尚且在陳國遭遇困境；武略超羣，姜太公曾在渭水邊垂釣等待時機。顏回雖然命短，但他絕不是兇暴之人；盜蹠雖然年長，但他也不是賢良之輩。帝堯雖然聖明，卻生下了不肖之子丹朱；瞽叟雖然頑劣，卻生下了大孝之兒帝舜。甘羅十二歲就當上了宰相，朱買臣五十歲才成為公卿。晏嬰身高不足五尺，卻被封為齊國宰相。韓信手無縛雞之力，卻成為漢朝賢能大臣，但在未得志時，連一日三餐都難以保障。等到他得志時，身佩齊王將印，威震燕趙，統領百萬雄兵。但一旦時運消退，卻死於呂后之手。李廣有射虎的威名，但到老也沒有得到封賞；馮唐有安定國家的志向，卻一生未能得到重用。

上古聖賢，不掌陰陽之數；今日儒士，豈離否泰之中。腰金衣紫，都生貧賤之家。草履毛鞋，都是富豪之裔。有貧賤，而後有富貴。有小壯，而後有老衰。人能學積善，家有餘慶。青春美女，反招愚獨之夫。俊秀才郎，竟配醜貌之婦。五男二女，老來一身全無。萬貫千金，死後離鄉別井。才疏學淺，少年及第登科；滿腹文章，到老終身不第。或富貴，或貧賤，皆由命理註定。

【譯文】上古的聖賢，不掌握陰陽變化的規律；今天的儒士，怎能擺脱命運的起伏？那些腰纏萬貫、身著華服的人，往往出身貧寒低賤之家；而那些穿著草鞋、粗布衣裳的人，都是富貴豪族的後代。有貧賤，而後才有富貴。有年輕力壯，而後才有老邁衰弱。人如果能積德行善，就能給家庭帶來福澤。青春美貌的女子，有時反而會嫁給愚蠢的丈夫；俊秀有才的郎君，有時也會娶到容貌醜陋的妻子。即使生有五男二女，到老也可能一無所有；擁有萬貫家財，死後也可能離鄉背井。有的人才疏學淺，卻能少年及第高中科舉；有的人滿腹經綸，卻到老都未能中舉。無論是富貴，還是貧賤，都是命中註定的。

若天不得時，則日月無光；地不得時，則草木不生。水不得時，則波浪不靜；人不得時，則命運不通。若無根本八字，豈能爲卿爲相。一生皆由命，半點不由人。

【譯文】如果上天不得其時，日月就會失去光芒；如果大地不得其時，草木就無法生長。如果流水不得其時，波浪就會洶湧不平；如果人們不得其時，命運就會不順暢。如果沒有根本八字命理作為基礎，又怎能成為高官顯貴呢？人的一生都是由命運決定的，半點不由人自己掌控。

蜈蚣多足，不及蛇靈。雄雞有翼，飛不及鴉。馬有千里之馳，非人不能自往。人有千般巧計，無運不能自達。

吾敬爲此《勸世文》也。

【譯文】蜈蚣雖然有很多腳，但行動起來卻不如蛇靈活；雄雞雖然有翅膀，但飛起來卻不如烏鴉高遠。駿馬雖然有日行千里的能力，但沒有人的駕馭也無法自行到達目的地。人雖然有千般巧計和才能，但沒有好的時運也無法實現自己的目標。

我恭敬地寫下這篇《勸世文》，勸導世人。

附錄二：《寒窑賦》版本三

蜈蚣百足，不及蛇行；雞雖有翅，不及鴉飛；馬有千里之程，無人而不能自往；人有百般妙計，非運而不能自通。吾昔居洛陽，朝遊陋巷，暮宿破窑，思衣而不能遮其體，思食而不能充其饑。道吾貧也，非吾而不能為也，乃時也，運也，命也。吾今居於龍堂，官封一品，位出三公，□身於一人之下，立職以萬人之上。斬佞臣，□百僚，思衣而有綺羅千箱，思食而有珍饈百味，簡吾貴也，非吾所能為也，乃時也，運也，命也。潛龍未遇，而藏身在魚鱉之中；君子失時，□手於小人之下。命運不通，被愚人之所陷，時若未至，遭小輩而相欺。□□雖破，常存禮義於身；面帶憂容，腹隱雄才之量。時間不利，且圖守道安身，天若無私，必有榮□之日。初貧者子，天然骨格風流；乍富小兒，不脫貧人之體。平生結交酒結心，不問相識淺與深。得金千兩未足貴，得人一語值千金，世上浮財暫時有，輪轉豈能得長久。均看陌上多少人，富貴誰能□□守。（編者注：碑文字跡漫漶不可識爲□。據傳出自洛陽寒窯碑。）

【譯文】蜈蚣有上百條足，卻不如蛇行走得靈活；雞雖然有翅膀，卻飛不過烏鴉的高遠；駿馬有日行千里的能力，沒有人駕馭而它自己無法到達遠方；人有千般妙計，但如果沒有好的時機和運氣，也難以實現自己的目標。我曾住在洛陽，早晨穿梭在簡陋的巷弄中，晚上則棲息在破窰洞裏，想要穿衣遮體卻不得，想要吃飯充饑卻不足。人們説我貧窮，但這並非我不能有所作為，而是時、運、命使然。如今我住在豪華的殿堂裏，官居一品，位列三公，身在一人之下、萬人之上。我可以懲治奸臣，（管理）百官，想要穿衣就有千箱綺羅選擇，想要吃飯就有百種珍饈挑選。人們説我顯貴，但這並非我能做到的，是時、運、命使然。潛伏的龍尚未遇到風雲際會，便只能藏身於魚鱉之中；君子若失去時機，可能（屈居）小人之下。命運不濟時，會被愚昧之人陷害；時機未到時，會遭受小人的欺凌。（衣服）即使破爛，也應常懷禮義之心；面帶憂慮之態，內心卻應藏著雄才大略。時機不利時，應堅守正道以保自身，上天若無私心，必有榮耀（顯達）的一天。起初貧窮的君子，天生就有不凡的氣質；突然暴富的小人，卻仍難擺脱貧賤的習性。我一生結交朋友，只看重心意相通，不問相識的深淺。得到千兩黃金也不足為貴，但得到他人一句有價值的話卻勝過千金。世上的浮財只是暫時擁有，輾轉之間豈能長久保留。看看這世上的許多人，富貴又有誰能（長久真正）守住呢？

附錄三：宋史·呂蒙正傳

元代・脫脫等

呂蒙正，字聖功，河南人。祖夢奇，戶部侍郎。父龜圖，起居郎。蒙正，太平興國二年擢進士第一，授將作監丞，通判昇州。陛辭，有旨，民事有不便者，許騎置以聞，賜錢二十萬。代還，會征太原，召見行在，授著作郎、直史館，加左拾遺。五年，親拜左補闕、知制誥。

【譯文】呂蒙正，字聖功，是河南人。他的祖父呂夢奇，曾任後唐户部侍郎，父親呂龜圖，曾任北周起居郎。在太平興國二年（977）呂蒙正考中進士第一名，被任命為將作監丞，通判昇州。在離開京城赴任前，宋太宗有旨意，如果遇到對百姓不利的事情，允許他通過驛站上奏事情，並賜給他二十萬錢。當他從昇州任滿回京時，恰逢朝廷征討太原（指滅亡北漢之戰），宋太宗在行宮召見他，並任命他為著作郎、直史館，加授左拾遺。太平興國五年（980），宋太宗親自任命他為左補闕、知制誥。

初，龜圖多內寵，與妻劉氏不睦，并蒙正出之，頗淪躓窘乏，劉誓不復嫁。及蒙正登仕，迎二親，同堂異室，奉養備至。龜圖旋卒，詔起復。未幾，遷都官郎中，入爲翰林學士，擢左諫議大夫、參知政事，賜第麗景門。上謂之曰：「凡士未達，見當世之務戾于理者，則怏怏于心；及列於位，得以獻可替否，當盡其所蘊，雖言未必盡中，亦當僉議而更之，俾協于道。朕固不以崇高自恃，使人不敢言也。」蒙正初入朝堂，有朝士指之曰：「此子亦參政耶?」蒙正陽爲不聞而過之。同列不能平，詰其姓名，蒙正遽止之曰：「若一知其姓名，則終身不能忘，不若毋知之爲愈也。」時皆服其量。

【譯文】起初，其父呂龜圖寵愛眾多妾室，與妻子劉氏關係不和，連帶呂蒙正也被趕出家門，生活陷入了困頓。劉氏發誓不再嫁人。等到呂蒙正入仕為官後，他接回了父母，父母雖然同在一處居住但分開房間，他盡心盡力地奉養雙親。不久，呂龜圖去世，（呂蒙正本應離職守喪但）宋太宗下詔起復。沒過多久，呂蒙正升任都官郎中，擔任翰林院學士，被提拔為左諫議大夫、參知政事，宋太宗還賜給他洛陽麗景門附近的府邸。宋太宗對呂蒙正說：「一般士人在仕途不順時，看到當世政務有悖於理，就會心懷不滿；而一旦身居高位，能夠提出合理建議或糾正錯誤，就應當傾盡所學，即使所言未必全中肯，也應通過商議來改進，使之符合正道。朕從來不因為地位崇高就自視過高，以至於讓人不敢進言。」呂蒙正初入朝堂時，有朝臣指著他說：「這小子也當上參知政事嗎？」呂蒙正假裝沒聽見而徑直走過去。同僚對此憤憤不平，詢問那人的姓名，呂蒙正連忙制止說：「如果知道了他的姓名，我可能一輩子都無法忘記，還不如不知道的好。」當時的人們都佩服他的度量。

李昉罷相，蒙正拜中書侍郎兼戶部尚書、平章事，監修國史。蒙正質厚寬簡，有重望，以正道自持。遇事敢言，每論時政，有未允者，必固稱不可，上嘉其無隱。趙普開國元老，蒙正後進，歷官一紀，遂同相位，普甚推許之。俄丁內艱，起復。

【譯文】李昉被免去宰相後，呂蒙正被任命為中書侍郎兼户部尚書、平章事，監修國史。呂蒙正性格質樸敦厚，寬容大度，享有很高的聲望，他堅守正道，嚴於律己。遇到事情他敢於直言不諱，每當討論時政時，如果發現有不合理之處，他一定會堅決表示反對，宋太宗很讚賞他的坦誠無私。趙普作為開國元老，呂蒙正作為後輩，入朝為官才經十餘年，居然兩人同朝為相，趙普對呂蒙正非常推崇。不久，呂蒙正因喪母守制，（喪制未滿但）宋太宗命令起復。

先是，盧多遜爲相，其子雍起家卽授水部員外郎，後遂以爲常。至是，蒙正奏曰：「臣忝甲科及第，釋褐止授九品京官。況天下才能，老於巖穴，不霑寸祿者多矣。今臣男始離襁褓，膺此寵命，恐罹陰譴，乞以臣釋褐時官補之。」自是宰相子止授九品京官，遂爲定制。

【譯文】在此之前，盧多遜擔任宰相時，他的兒子盧雍剛入仕途就被授任水部員外郎，這樣的做法後來逐漸成為慣例。到這時，呂蒙正上奏說：「我僥倖通過科舉考試獲得第一名，但剛開始任職時只被授任九品京官。何況天下間還有許多有才能的人，他們都終老於山林，都沒有享受過一點俸祿。現在我的兒子才剛剛脱離幼兒期，就承受了這樣的恩寵和任命，我擔心這會招來災禍，請求陛下按照我當初剛入仕時的官職來授予我的兒子。」從此以後，宰相的兒子入仕時只被授予九品京官，這逐漸成為固定的制度。

朝士有藏古鏡者，自言能照二百里，欲獻之蒙正以求知。蒙正笑曰：「吾面不過楪子大，安用照二百里哉?」聞者歎服。淳化中，左正言宋沆上疏忤旨，沆，蒙正妻族，坐是罷爲吏部尚書，復相李昉。四年，昉罷，蒙正復以本官入相。因對，論及征伐，上曰：「朕比來征討，蓋爲民除暴，苟好功黷武，則天下之人熸亡盡矣。」蒙正對曰：「隋、唐數十年中，四征遼碣，人不堪命。煬帝全軍陷沒，太宗自運土木攻城，如此卒無所濟。且治國之要，在內修政事，則遠人來歸，自致安靜。」上韙之。

【譯文】有位朝中官員藏有一面古鏡，自稱這面鏡子能照到方圓二百里遠的地方，想要獻給呂蒙正以求得他的賞識。呂蒙正笑著說：「我的臉面不過才盤子那麼大，哪里需要照到方圓二百里之大的鏡子呢？」聽到這番話的人無不讚歎佩服呂蒙正。淳化年間，左正言宋沆上疏觸怒了宋太宗，而宋沆是呂蒙正妻子的親戚，因此呂蒙正也被牽連而被免去宰相改任吏部尚書，同時李昉再次被任命為宰相。淳化四年（993），李昉被罷免，呂蒙正以吏部尚書身份擔任宰相。有一次，呂蒙正在宋太宗面前談論到征伐之事，宋太宗說：「朕近年來的征討，都是為了替百姓剷除暴虐，如果只是一味地貪圖武功和戰績，那麼天下百姓都將疲於奔命，最終耗盡國力。」呂蒙正回答道：「隋朝和唐朝在幾十年的時間裏，四次征討遼碣地區，使得百姓苦不堪言。隋煬帝時甚至全軍覆沒，唐太宗親自運輸土木材料來攻城，但最終都未能取得實質性的成果。而且治理國家的關鍵，在於內部政務的修明，那麼遠方的人才會自動歸附，國家自然就能達到安寧。」宋太宗非常贊同呂蒙正的觀點。

嘗燈夕設宴，蒙正侍，上語之曰：「五代之際，生靈凋喪，周太祖自鄴南歸，士庶皆罹剽掠，下則火災，上則彗孛，觀者恐懼，當時謂無復太平之日矣。朕躬覽庶政，萬事粗理，每念上天之貺，致此繁盛，乃知理亂在人。」蒙正避席曰：「乘輿所在，士庶走集，故繁盛如此。臣嘗見都城外不數里，饑寒而死者甚衆，不必盡然。願陛下視近以及遠，蒼生之幸也。」上變色不言。蒙正侃然復位，同列多其直諒。

【譯文】某年元宵節期間，宋太宗為此設宴，呂蒙正在旁侍奉。宋太宗對呂蒙正説：「五代時期，百姓生活困苦，後周太祖（郭威）從鄴城南返時，士兵和平民都遭到搶劫掠奪，人間發生火災，上天出現彗星和孛星異象，人們看到這些景象都感到恐懼，當時都以為再也沒有太平的日子了。朕親自處理各種政務，各種事情漸漸有了頭緒，朕每當想到上天的恩賜，才使得國家如此繁榮昌盛，才明白國家的治亂興衰確實在於人為。」呂蒙正離開座位恭敬地説：「皇帝所在之處，士人和百姓都爭相前來聚集，所以看起來如此繁華。但我曾經看到京城外面不遠的地方，有許多人因饑寒交迫而死，情況並非全然如此。希望陛下的視野能夠由近及遠（從而看到百姓疾苦），這將是百姓的幸事。」宋太宗聽了之後臉色一變，沒有再說什麼。呂蒙正則從容地回到自己的座位上，同僚都很佩服他的正直和坦誠。

上嘗欲遣人使朔方，諭中書選才而可責以事者，蒙正退以名上，上不許。他日，三問，三以其人對。上曰：「卿何執耶?」蒙正曰：「臣非執，蓋陛下未諒爾。」固稱：「其人可使，餘人不及。臣不欲用媚道妄隨人主意，以害國事。」同列悚息不敢動。上退謂左右曰：「蒙正氣量，我不如。」既而卒用蒙正所薦，果稱職。至道初，以右僕射出判河南府兼西京留守。蒙正至洛，多引親舊歡宴，政尚寬靜，委任僚屬，事多總裁而已。

【譯文】宋太宗曾經想要派人出使朔方，於是命令中書省選拔有才能並且可以託付重任的人，呂蒙正退下後上奏了推薦的人選，宋太宗不批准。之後，宋太宗多次詢問，呂蒙正仍然多次推薦同一個人。宋太宗問：「愛卿為什麼如此固執呢？」呂蒙正回答說：「臣並非固執，而是陛下還沒有真正瞭解這個人。」他堅持說：「這個人最適合出使，其他人都不如他。臣不願用諂媚的方式隨意迎合陛下的意思，以免損害國家大事。」同僚們聽後都感到震驚，不敢輕易表態。宋太宗退朝後對身邊的人說：「呂蒙正的氣量，我不如他。」最終，宋太宗還是採用了呂蒙正所推薦的人選，結果果然非常稱職。至道初年，呂蒙正以右僕射的身份出判河南府兼任西京留守。他到達洛陽後，經常邀請親朋好友歡聚宴飲，治理政務時崇尚寬厚和寧靜，將許多事務委託給下屬官員處理，自己則主要負責總體管理。

眞宗卽位，進左僕射。會營奉熙陵，蒙正追感先朝不次之遇，奉家財三百餘萬以助用。葬日，伏哭盡哀，人以爲得大臣體。咸平四年，以本官同平章事、昭文館大學士。國朝以來三入相者，惟趙普與蒙正焉。郊祀禮成，加司空兼門下侍郎。六年，授太子太師，封萊國公，改封徐，又封許。

【譯文】宋真宗即位後，呂蒙正被晉升為左僕射。當時朝廷正在營建熙陵（宋太宗陵墓），呂蒙正感念宋太宗對自己的特殊恩遇，於是捐獻三百多萬家財來幫助修建工程。在宋太宗葬禮當天，他伏地痛哭，竭盡哀思，人們都認為他充分展現大臣應有的風範。咸平四年（1001），呂蒙正以左僕射身份兼任同平章事和昭文館大學士。自宋朝開國以來，三次擔任宰相的，只有趙普和呂蒙正兩人。在郊祀大典結束後，呂蒙正被加封為司空兼門下侍郎。咸平六年（1003），他又被授任太子太師，並被封為萊國公，改封徐國公，又封為許國公。

景德二年春，表請歸洛。陛辭日，肩輿至東園門，命二子掖以升殿，因言：「遠人請和，弭兵省財，古今上策，惟願陛下以百姓爲念。」上嘉納之，因遷從簡太子洗馬，知簡奉禮郎。蒙正至洛，有園亭花木，日與親舊宴會，子孫環列，迭奉壽觴，怡然自得。大中祥符而後，上朝永熙陵，封泰山，祠后土，過洛，兩幸其第，錫賚有加。上謂蒙正曰：「卿諸子孰可用？」對曰：「諸子皆不足用。有侄夷簡，任潁州推官，宰相才也。」夷簡由是見知於上。

【譯文】景德二年（1005）春天，呂蒙正上表請求辭官回洛陽。在離開皇宮告別的那天，他乘坐肩輿到達東園門，命令兩個兒子攙扶他上殿。呂蒙正借此機會說：「遠方的國家請求和平，停止戰爭節省開支，這是古今以來的上策，只希望陛下能時刻為百姓著想。」（應指宋遼停戰而訂澶淵之盟。）宋真宗對他的話表示讚賞並採納，隨後提拔其子呂從簡為太子洗馬，呂知簡為奉禮郎。呂蒙正回到洛陽後，有花園亭臺和花草樹木相伴，他每天與親朋好友歡聚宴飲，子孫們環繞在側，輪流為他敬酒祝壽，他感到十分滿足和快樂。大中祥符以後，宋真宗前往永熙陵（宋太宗陵墓）祭祀、封禪泰山、祭祀後土時，路過洛陽，兩次造訪呂蒙正的府邸，並賜予他豐厚的禮物。宋真宗曾問呂蒙正：「愛卿的兒子當中誰可以重用？」呂蒙正回答說：「我的兒子們都不足以擔當重任。但我的侄子呂夷簡，現任潁州推官，他具備宰相的才能。」從此，呂夷簡便得到宋真宗的賞識。（後來官至參知政事。）

富言者，蒙正客也。一日白曰：「兒子十許歲，欲令入書院，事廷評、太祝。」蒙正許之。及見，驚曰：「此兒他日名位與吾相似，而勳業遠過於吾。」令與諸子同學，供給甚厚。言之子，即弼也。後弼兩入相，亦以司徒致仕。其知人類如此。

許國之命甫下而卒，年六十八。贈中書令，謚曰文穆。

【譯文】富言，是呂蒙正的門客。有一天，富言對呂蒙正說：「我有個兒子十多歲了，我想讓他進入書院，跟隨廷評、太祝學習。」呂蒙正答應了。等到見到富言的兒子，呂蒙正驚訝地說：「這孩子將來在名位上會與我相似，但他的功勳和事業會遠遠超過我。」於是，呂蒙正讓富言的兒子與自己的兒子們一同學習，並給予他非常優厚的待遇。富言的這個兒子，就是富弼。後來，富弼兩次擔任宰相，也是以司徒的身份退休。呂蒙正識別人才的能力就是如此。

朝廷封呂蒙正為許國公的命令剛下而他就去世了，終年六十八歲。朝廷追贈他為中書令，賜予謚號為「文穆」。

蒙正初爲相時，張紳知蔡州，坐贓免。或言於上曰：「紳家富，不至此，特蒙正貧時勾索不如意，今報之爾。」上命卽復紳官，蒙正不辨。後考課院得紳實狀，復黜爲絳州團練副使。及蒙正再入相，太宗謂曰：「張紳果有贓。」蒙正不辨亦不謝。在西京日，上數遣中貴人將命至，蒙正待之如在相位時，不少貶，時人重焉。

【譯文】呂蒙正剛擔任宰相時，張紳知蔡州，因貪污受賄被免職。有人向宋太宗進言說：「張紳家很富有，他不可能做出這樣的事情，這只是因為呂蒙正在貧窮時曾向他求助而未能如願，所以現在他報復張紳而已。」宋太宗聽後，立即下令恢復張紳的官職，但呂蒙正對此並未進行辯解。後來，經過考課院的詳細調查，證實張紳確實有貪污行為，於是再次將他貶為絳州團練副使。等到呂蒙正再次擔任宰相時，宋太宗對他說：「張紳果然有貪污行為。」呂蒙正對此既不辯解也不謝罪。呂蒙正在西京任職期間，宋太宗多次派遣宦官前往傳達旨意，呂蒙正對待他們如同自己還在宰相之位時，沒有絲毫的貶損態度，當時的人們都非常敬重他。

子從簡，再爲國子博士；惟簡，太子中舍；承簡，司門員外郎；行簡，比部員外郎；務簡，亦國子博士；居簡，殿中丞；知簡，太子右贊善大夫。

蒙正弟蒙休，咸平進士，至殿中丞。

【譯文】其子呂從簡，兩次擔任國子博士；呂惟簡，擔任太子中舍；呂承簡，擔任司門員外郎；呂行簡，擔任比部員外郎；呂務簡，也曾任國子博士；呂居簡，擔任殿中丞；呂知簡擔任太子右贊善大夫。

其弟呂蒙休，是咸平年間的進士，後來官至殿中丞。

龜圖弟龜祥，殿中丞，知壽州。子蒙亨，舉進士高等，既廷試，以蒙正居中書，故報罷。後歷下蔡、武平主簿。至道初，考課州縣官，蒙亨引對，文學、政事俱優，命爲光祿寺丞，改大理寺丞，卒。次子蒙巽，虞部員外郎；蒙周，淳化進士及第。蒙亨子卽夷簡也。次子宗簡，亦進士及第。

【譯文】呂龜圖的弟弟呂龜祥，曾任殿中丞，知壽州。呂龜祥的兒子呂蒙亨，曾在進士考試中取得優異成績，參加廷試時，由於呂蒙正當時在中書省任職，為避免嫌疑，呂蒙亨的考試成績被取消。之後，他歷任下蔡、武平兩縣的主簿。至道初年，朝廷對州縣官員進行考核，呂蒙亨被召見應對，他在文學和政事方面都表現出色，因此被任命為光祿寺丞，後改任大理寺丞，去世。呂龜祥的次子呂蒙巽，曾任虞部員外郎；呂蒙周，淳化年間進士及第。呂蒙亨的兒子就是呂夷簡。呂蒙亨的次子呂宗簡，也進士及第。

慶曆中，居簡提點京東刑獄，時夏竦有憾於石介，介死，竦言於上曰：「介未嘗死，北走鄰國矣。」乃遣中使發棺驗之。居簡謂曰：「萬一介果死，則朝廷爲無故發人之墓，奈何?」中使曰：「於君何如?」居簡曰：「介死，當時必有內外親族及門生會葬，問之可也。」中使乃令結狀保證以聞，介事乃白。居簡長者，其行事多類此。

【譯文】慶曆年間，呂居簡為提點京東刑獄，當時夏竦（因新政）對石介懷恨在心，當石介去世後，夏竦便向宋仁宗進言說：「石介其實並沒有死，他已經逃到北方的鄰國去了。」於是，宋仁宗派遣宦官去挖開石介的墳墓進行查驗。呂居簡對宦官說：「萬一石介真的已經去世了，那麼朝廷這樣做就等於無緣無故地挖開了別人的墳墓，這該如何是好呢？」宦官問呂居簡：「那你覺得應該怎麼辦？」呂居簡回答說：「如果石介真的去世了，那麼當時肯定會有他的內外親族以及門生為他送葬，我們只需要詢問他們就可以知道真相了。」於是，宦官便讓相關人員出具保證書並上報給朝廷，石介的事情這才得以澄清。呂居簡是個有德行的人，他處理事情的方式大多像這樣公正合理。

徐州妖人孔直溫挾左道誘軍士爲變，或詣轉運使告，不受詞。居簡令易其牒，盡捕究黨與，貸註誤者，請於朝，斬直溫等。濮州復叛，都民驚潰，居簡馳往，獲首惡誅之。因大閱兵享勞，奸不得發。用二事，遷秩鹽鐵判官，拜集賢院學士，知梓州、應天府，徙荊南，進龍圖閣直學士、知廣州，陶甓甃城，人以爲便。以兵部侍郎判西京御史臺，卒，年七十二。（卷二百六十五列传第二十四。）

【譯文】徐州有個妖人孔直温，利用旁門左道蠱惑軍士發動叛亂，有人前往轉運使處告發，但轉運使並未受理。呂居簡得知後，命令更改文書，將此事徹底追查到底，逮捕所有參與叛亂的人，同時寬恕那些因受牽連而犯錯的人。他向朝廷請示後，處斬孔直温等人。不久，濮州又發生叛亂，城中居民驚恐逃散，呂居簡迅速前往，抓獲首惡分子並予以處決。隨後，他大規模檢閱軍隊並犒賞將士，使得奸邪之徒無法趁機作亂。因為這兩件功績，呂居簡被提升為鹽鐵判官，拜為集賢院學士，知梓州府、應天府，調任荊南，晉升為龍圖閣直學士、知廣州。在廣州任職期間，他下令用陶土燒制磚塊修築城牆，這一舉措給當地百姓帶來了便利。最終，呂居簡以兵部侍郎的身份判西京御史臺，後來去世。終年七十二歲。

附錄四：吕蒙正軼事選

一、吕文穆公父龜圖與其母不相能，併文穆逐出之，羈旅于外，衣食殆不給。龍門山利涉院僧識其爲貴人，延致寺中，爲鑿山巖爲龕居之。文穆處其間九年乃出，從秋試，一舉爲廷試第一。是時，會太宗初與趙韓王議，欲廣致天下士以興文治而志在幽燕，試《訓練將士賦》。文穆辭既雄麗，唱名復見容貌偉然。帝曰：「吾得人矣。」自是七年爲參知政事，十二年而相。其後諸子即石龕爲祠，名曰「肄業」，富韓公(富弼)爲作記云。（宋代葉夢得《避暑録話》卷三。）

【譯文】文穆公呂蒙正的父親呂龜圖與他母親關係不和，將他與他母親兩人逐出家門，他們在外寄居漂泊，幾乎衣食無著。龍門山利涉院僧人看出呂蒙正日後必成地位顯貴的人，便邀請他到寺廟中，並在山中開鑿石窟供他居住。呂蒙正在此石窟中居住九年才出來，隨後參加秋試，一舉奪得廷試第一名。當時，正值宋太宗與韓王趙普商議，希望廣招天下賢士以振興文治，同時有收復幽燕之地的志向，於是出了《訓練將士賦》作為考題。呂蒙正的辭賦既雄渾壯麗，在殿試後唱名時見他本人相貌堂堂。太宗由此說道：「我得到合適人才了。」自此，七年後呂蒙正任參知政事，十二年後更是官至宰相。後來，呂蒙正的兒子們在石窟中建立了祠堂（來紀念其父的早年經歷），并且命名為「肄業」，韓公富弼為此撰寫了記文。

二、始公少時，考妣以口舌偶相戾，遂以異處。然情義內篤，交誓不復嫁娶。考後連佐邊幕，妣居洛中，并留公侍焉。公每感歎憤懣，絕迹于龍門山。（宋代杜大珪《名臣碑傳琬琰集》上卷十五。）

【譯文】呂蒙正年輕時，他的父母因言語不和偶爾發生爭執，最終決定分居。但他們內心情感深厚，彼此發誓不再另嫁娶。之後，其父多次在邊疆軍營任職，而其母則留在洛陽，並把呂蒙正留在其母身邊照顧。（想起這些）呂蒙正每每深感憤懣，於是選擇隱居在龍門山。

三、吕蒙正未遇時，讀書於利涉寺，隨僧飯。僧乃齋後扣鐘，蒙正亦有「慚媿闍黎飯後鐘」之句。（清代褚人獲《堅瓠集·補集》卷三。）

【譯文】呂蒙正在未發跡之前，曾在河南洛陽龍門山利涉寺讀書，與寺中僧人一同用餐。僧人（久厭呂蒙正常來）曾在齋飯後敲鐘，呂蒙正（有感而發）寫有「慚愧闍黎飯後鐘」的詩句。

四、吕文穆蒙正，少年讀書西京龍門利涉院，壁間題詩云：「怪得池塘春水滿，夜來雷雨起南山。」狀元宰相之兆，已見于此詩矣。（宋代胡仔《苕溪漁隱叢話》後集卷三十五。）

【譯文】文穆公呂蒙正，年輕時在西京洛陽龍門利涉院讀書，曾在牆壁上題有詩句：「怪得池塘春水滿，夜來雷雨起南山。」（寓意蛟龍得水升天。）（他未來會）高中狀元官至宰相的徵兆，在這句詩中已經預示了。

五、(呂文穆公)在龍門時，一日行伊水上，見賣瓜者，意欲得之，無錢可買，其人偶遺一枚於地，公悵然取食之。後作相，買園洛城東南，下臨伊水起亭，以「噎瓜」爲名，不忘貧賤之義也。(宋代邵伯溫《邵氏聞見録》卷七。)

【譯文】文穆公呂蒙正，地位未顯貴時住在洛陽龍門利涉院土室中，與温仲舒在其中讀書，（土室中現在還存有畫像。）寫有詩句：「八灘風急浪花飛，手把魚竿傍釣磯。自是釣頭香餌別，此心終待得魚歸。」又有詩句：「怪得池塘春水滿，夜來雷雨起南山。」後來呂蒙正高中狀元，官至宰相。温仲舒考中第三人及第，官至尚書。呂蒙正在洛陽龍門時，有一天走在伊水邊，看到有賣瓜的人，很想買來吃，但身上沒錢買。這時，賣瓜的人不小心掉了一個瓜在地上，呂蒙正便悵然地撿起吃了。後來，他官至宰相，在洛陽城東南買了一座園子，園子靠近伊水，修建一座亭子，命名為「噎瓜」，以此來提醒自己不忘貧賤時的經歷。

六、有陰聲塚者，陰雨，則塚中有歌樂之聲。呂文穆因過，其塚中云：「相公來，且住歌樂。」（宋代江少虞《宋朝事實類苑》卷六十八。）

【譯文】有一處被稱為「陰聲塚」的地方，每當陰雨天氣時，墓中就會傳出歌樂之聲。有一次，文穆公呂蒙正路過此地，墓中傳出聲音說：

「相公來了，請暫停歌樂。」

七、洛陽龍門，有吕文穆公讀書龕。云文穆昔嘗棲偃於此，初有友二人，一人則温尚書仲舒，一人忘其姓名，而三人誓不得狀元不仕。及唱第，文穆狀元，温已不意，然猶中甲科，遂釋褐，其一人徑拂袖歸隱。後文穆作相，太宗問：「昔誰爲友。」文穆卽以歸隱者對，遽以著作郎召之，不起。故文穆罷相尹洛，作詩曰：「昔作儒生謁貢闈，今提相印出黃扉。九重鵷鷺醉中別，萬里煙霄達了歸。鄰叟盡垂新鶴髮，故人猶著舊麻衣。洛陽謾道多才子，自歎遭逢似我稀。」所謂故人，蓋斥其友歸隱者也。（宋代吳處厚《青箱雜記》卷一。）

【譯文】洛陽龍門，有處文穆公呂蒙正昔日

讀書的石窟。據説呂蒙正曾在此居住，當時他有兩個朋友，一位是溫仲舒尚書，另一位則忘記其姓名。三人曾立下誓言，若不得中狀元便不入仕途。到科舉放榜時，呂蒙正高中狀元，溫仲舒雖不滿意，然而依舊考中甲科，隨即入仕為官，而那位未知名姓的朋友則直接拂袖而去，歸隱山林。後來，呂蒙正官至宰相，宋太宗問：「昔日誰人與你為友？」呂蒙正立即説是那位歸隱者，（太宗聞訊）立即下旨以著作郎徵召他，那人卻不應召。因此，當呂蒙正被罷免宰相而出任洛陽長官時，作詩感慨道：「昔作儒生謁貢闈，今提相印出黃扉。九重鵷鷺醉中別，萬里煙霄達了歸。鄰叟盡垂新鶴發，故人猶著舊麻衣。洛陽謾道多才子，自歎遭逢似我稀。」詩中所提的「故人」，正是指那位選擇歸隱的朋友。

八、吕文穆蒙正少時，嘗與張文定齊賢、王章惠隨、錢宣靖若水、劉龍圖燁同學賦于洛人郭延卿。延卿，洛中鄉先生。一日，同渡水謁道士王抱一求相，有僧應門曰：「師出矣。」衆問僧：「何爲師道士?」僧曰：「學術數于道士三十年矣。」衆因泛問之，僧曰：「吾師切戒：術未精切，愼毋爲人言。君等欲知，明日復來叩師可也。」

明日，遂見之。文穆對席，張、王次之，錢又次之，劉居下座。坐定，道士撫掌太息。衆問所以，道士曰：「吾嘗東至於海，西至流沙，南窮嶺嶠，北抵大漠，四走天下，求所謂貴人，以驗吾術，了不可得，豈意今日貴人盡在座中。」衆驚喜。徐曰：「吕君得解及第，無人可奉壓，不過十年作宰相，十二年出判河南府，自是出將入相三十年，富貴壽考終始。張君後三十年作相，亦皆富貴壽考終始。錢君可作執政，然無百日之久。劉君有執政之名，而無執政之實。」

語遍及諸弟子，而遺其師。郭君忿然，以爲謬妄，曰：「坐中有許多宰相乎？」道士色不動，徐曰：「初不受饋，必欲聞之，請得徐告：後十二年，吕君出判河南府，是時君可取解。次年，雖登科，然慎不可作京官。」延卿益怒，衆不自安，乃散去。久之，詔下，文穆果魁多士，而延卿不預。明年，文穆廷試第一。是所謂「得解及第，無人可壓」矣。

後十年作相，十二年，有留鑰之命，悉如所言。延卿連蹇場屋，至是預鄉薦。鹿鳴燕日，文穆命道士與席。賓散，獨留二人者内閣，盡歡如平生。文穆矜歎，賦詩曰：「昔作儒生謁貢闈，今爲丞相出黄扉。兩朝鴛鷺醉中别，萬里煙霄達了歸。羽客漸垂新鶴髮，故人猶着舊麻衣。洛陽漫說多才子，從昔遭逢似我稀。」道士索紙札似若復章者，乃書偈曰：「重日重月，榮華必別。笙歌前導，偃師着雪。」文穆心知其異，敬收之。

其後，錢貳樞府，未百日罷；張、王先後登庸；劉守蒲中，朝廷議除執政，命未及下而卒；延卿以文穆極力推挽登第，未久改秩，後卒。無一差者。獨贈文穆之偈，乃致仕薨於西京，以重陽日喪過偃師。是日，大寒微霰，笙歌乃勅葬鹵簿鼓吹也。（宋代王銍《默記》卷中。）

【譯文】文穆公呂蒙正年輕時，曾與文定公張齊賢、章惠公王隨、宣靖公錢若水、龍圖閣直學士劉燁一起在洛陽跟郭延卿先生學習賦文。郭延卿，是當地的學者。有一天，他們一同渡河去拜訪道士王抱一請求為他們相面，（不料）照管門户的僧人說：「師父外出了。」眾人問僧人：「為何稱道士為師？」僧人答道：「我已跟隨王道士學習術數三十年了。」眾人便隨意詢問起來，僧人說：「我師嚴令：術數未精，不可輕易為人相面。如果諸位真想知道，明日再來找師父吧。」

次日，他們見到了道士王抱一。席間，呂蒙正坐在對面，張齊賢、王隨坐在他的後面，錢若水又坐在他們的後面，劉燁則坐在最後位置上。大家都坐下後，王道士撫掌長歎。眾人詢問原因，王道士說：「我曾東至大海，西涉流沙，南抵嶺南，北到大漠，遊歷四方，遍尋貴人，以驗證我的術數，卻從未找到，沒想到今日貴人們竟都坐在這裏。」眾人驚喜不已。王道士慢慢說道：「呂君將中舉及第，無人能及，不超過十年必為宰相，十二年後將出判河南府，之後三十年間將出將入相，享盡富貴，壽終正寢。張君後三十年官至宰相，同樣富貴長壽。錢君雖任執政，但不超過百日。劉君則有執政之名，卻無執政之實。」

王道士對眾人一一預測，唯獨遺漏了他們的老師郭延卿。郭延卿憤然，認為王道士荒謬，說道：「難道座中真有這麼多宰相嗎？」王道士面色不改，緩緩說：「我本不願多言，既然你堅持要聽，請慢慢聽我說。十二年後，呂君出判河南府，此時郭君才高中科舉。次年雖能登科，卻不宜在京為官。」郭延卿聽後更加生氣，眾人也感到不安，於是散去。不久，詔書下達，呂蒙正果然高中榜首，而郭延卿卻名落孫山。次年，呂蒙正在殿試中奪魁。這驗證了王道士「得解及第，無人可壓」的預言。

十年後，呂蒙正官至宰相；十二年後，他確

實獲得了留京的任命，王道士的預言一一應驗。郭延卿則屢試不第，直到這時才被舉薦。在鹿鳴宴慶祝宴會上，呂蒙正特邀王道士同席。賓客散去後，他單獨留下王道士和郭延卿，暢談如舊。呂蒙正感慨萬千，賦詩道：「昔作儒生謁貢闈，今為丞相出黃扉。兩朝鴛鷺醉中別，萬里煙霄達了歸。羽客漸垂新鶴發，故人猶著舊麻衣。洛陽漫說多才子，從昔遭逢似我稀。」王道士索要紙筆像是作回復，於是寫下偈語：「重日重月，榮華必別。笙歌前導，偃師著雪。」呂蒙正心裏明白王道士驚異之處，於是恭敬地收了起來。

後來，錢若水任樞密副使，未滿百日即被罷免；張齊賢和王隨先後高中科舉；劉燁在蒲中任職時，朝廷曾商議讓他擔任執政，但任命未下他就去世了；郭延卿則在呂蒙正的極力推薦下考中進士，不久後便改任他職，最終去世。王道士的預言無一落空。唯獨贈給呂蒙正的偈語，在呂蒙正致仕後於西京去世，其棺槨在重陽日經過偃師時得到了應驗。那天，天氣大寒，微雪飄落，笙歌是宋真宗下令賜予的鹵簿鼓吹。

九、郭延卿，洛陽人。少以文行稱於鄉里，呂公蒙正、張公齊賢未第時，皆以師友事之。太平興國中，陳摶自華州被召，摶素以知人名天下，及道西洛，三人者皆進謁。摶倒履迎之，目呂曰：「先輩當狀元及第，位至宰相。張先輩科名雖在行間，而福祿延永又過於呂。」然殊不言延卿。於是二人相與言曰：「郭君文行鄉里所推，幸與一目。」摶曰：「固知之，然亦甚好。」遂草草別去。摶送之門，顧張、呂曰：「二君今晚更過訪。」及期往，摶曰：「二君前程，某固已言，然所惜延卿祿薄。伺呂君作相，始合得一命；張君作相，當得職官耳。」既而呂果狀元中第。及爲相，薦延卿，得試校書郎。及張作相，益念郭之潦倒，一夕語其子宗誨曰：「爲我作奏札子，薦郭延卿京官。」及翌日造朝，遽索奏札。宗誨草奏，誤書「京」字爲「職」字，及書可降制，乃職官，皆如摶言也。（宋代張師正《括異志》卷二。）

【譯文】郭延卿，是洛陽人。年輕時以文采和品行在鄉間聞名，呂蒙正和張齊賢還未中舉時，他們都視郭延卿為師友。太平興國年間，陳摶從華州被宋太宗召見，他因能識人而聞名天下，當陳摶路過洛陽時，這三人都前去拜訪。陳摶熱情地倒履相迎，並對呂蒙正說：「呂先輩將來會高中狀元，官至宰相。張先輩雖然科名稍遜，但福祿綿長甚至超過您。」然而完全沒提及郭延卿。呂、張二人一起請求陳摶說：「郭君文章德行被鄉里所推崇，麻煩請給他看看。」陳摶說：「我自然知道他，然而也很不錯。」隨後便匆匆告別。臨別時，陳摶送到門口，對張、呂二人說：「你們今晚再來一趟。」應約前來見面時，陳摶說：「二君前程，我固然已經說明，但可惜郭延卿官祿不厚。待呂君為相時，他或可得一官；張君為相時，他則能得職官。」後來，呂蒙正果然高中狀元。官至宰相後，推薦郭延卿，使他得以擔任校書郎。張齊賢後來也官至宰相，更加掛念郭延卿的潦倒境遇。一晚，他吩咐兒子張宗誨說：「替我寫好奏章，推薦郭延卿為京官。」次日上朝前，他急索奏章。張宗誨草草寫好奏章，誤將「京」字寫成「職」字。皇帝批准後降下任命書，郭延卿便得了職官之職，一切正如陳摶所言。

十、吕文穆公蒙正，爲舉人時，客於建隆觀道士丁君之舍。常往西洛省親，自冬至春方還，至板橋，逢職方劉蒙叟，相揖並轡，同入順天門。劉因送吕之道院，至則門户扃鎖如故，既發籥啓户，見卧牀前有物高三四尺，蒙茸合抱，其色白而黄。劉、吕驚訝，逼而視之，乃槐也。遽召道侶觀之，乃槐根至室而生耳，無不歎異。是歲公登科，不十年，位至上公平章事。識者以爲槐瑞焉。（宋代孔平仲《孔氏談苑》卷四。）

【譯文】文穆公呂蒙正，在他還是舉人時，曾寄居在開封建隆觀道士丁君的住處。呂蒙正常常前往西京洛陽探望母親，從冬天一直待到春天才返回。當他走到板橋時，遇到職方郎中劉蒙叟，兩人相互行禮後並轡而行，一同進入順天門。劉蒙叟送呂蒙正回到道觀，發現道觀的門户仍然像之前那樣緊閉鎖著。打開鎖進入屋內後，他們看到床邊有個高約三四尺、形狀蓬鬆、顏色黃中帶白的東西。劉蒙正和呂蒙正都感到驚訝，走近細看，才發現那竟然是一棵槐樹。他們立刻叫來其他道士一同觀看，原來這棵槐樹是從地下長到屋子裏來的，大家都驚歎不已。同年，呂蒙正考中科舉，不到十年時間，就位至上公平章事。有識之士認為這棵槐樹是吉祥之兆。

十一、呂蒙正，字聖功，河南人也。祖夢奇，戶部侍郎。父龜圖，起居郎。蒙正舉進士第一，爲將作監丞，通判昇州。初，父龜圖黜其妻劉氏，並棄蒙正。劉氏誓不改適。及蒙正涖官，迎二親，同堂異室，奉養並至，時稱其孝。

龜圖卒，有詔起復。未幾，遷翰林院學士，

拜左諫議大夫、參知政事。蒙正入朝堂，有朝士指之曰：此子亦參政耶?蒙正佯爲不聞而過之。其同列不平，令詰其姓名，蒙正遽止之。罷朝，同列猶不能堪，悔不窮問。蒙正曰：「若一知其姓名，則終身不能忘，固不如勿知也。」時皆服其量。爲平章事。趙普開國元老，蒙正晚出，歷官一紀，與普同在相位，普甚推許之。

先是盧多遜爲相，其子雍起家，卽授水部員外郎，後遂以爲常。及是蒙正奏曰：「臣忝甲科及第，釋褐止授九品京秩。況天下才能老於岩穴，不能沾寸祿者多矣。今臣男始離繈褓，膺此寵命，恐罹譴責，乞以臣釋褐時所授官補之。」自是止授九品京秩，因以爲定制。

有朝士家藏古鏡，自言能照二百里，欲因蒙正之弟來獻以求知。其弟因間從容言之，蒙正笑曰：吾之面不過尺許，安用照二百里?其弟遂不敢復言，聞者嘆服。國朝以來，三居相位，唯趙普與蒙正拜司空兼門下侍郎。咸平六年，授太子太師，封萊國公，改封徐，又封許。

洛中有園亭，時會親友，環侍皆子孫，間舉壽觴，釋然自得。眞宗謁陵寢，祠後土，過洛，兩幸其第，當世榮之。眞宗問蒙正曰：卿諸子孰可用?蒙正對曰：「諸子皆不足用。有侄夷簡，宰相才也。」

蒙正客富言，一日白蒙正曰：「言有子甚幼，欲令入書院就讀。」蒙正許之。蒙正見其子，驚曰：「此兒他日名位與吾相似，而勳業遠過吾言之。」子卽弼也。蒙正知人如此。卒謚文穆。龜圖弟龜祥，龜祥子蒙亨，蒙亨子卽夷簡也。蒙正子居簡，當慶曆中爲提點京東刑獄。時夏竦有憾於石介，介已死，竦言於仁宗曰：「介不死，且北走矣。」乃遣中使發介棺以驗。

居簡謂中使曰：「萬一介果死，則朝廷爲無故發人之墓。」中使曰：「於君何如?」居簡曰：「介之死，當時必有內外親族及門生會葬，令檄問之可也。」中使從其言，令結狀保證。中使入奏，仁宗察其誣，乃得不發。時人以居簡爲長者。居簡官至龍圖閣直學士。（宋代章定《名賢氏族言行類稿》卷三十六。）

【譯文】呂蒙正，字聖功，是河南人。祖父呂夢奇，曾任後唐户部侍郎。父親呂龜圖，曾任北周起居郎。呂蒙正考中進士第一，擔任將作監丞，通判昇州。起初，他的父親呂龜圖將他的妻子劉氏趕出家門，並拋棄了呂蒙正。然而，劉氏發誓不改嫁。等到呂蒙正做官後，他接回雙親，雙親雖然在同一屋簷下但分室居住，他對父母的奉養無微不至，當時的人們都稱讚他的孝心。

呂龜圖去世後，朝廷下詔讓呂蒙正起復任職。不久，呂蒙正升任翰林院學士，拜左諫議大夫、參知政事。呂蒙正初入朝堂時，有朝臣指著他說：「這小子也是參知政事嗎？」呂蒙正假裝沒聽見就過去了。他的同僚感到不平，想追問那個人的姓名，呂蒙正卻急忙制止了他們。退朝後，同僚仍然憤憤不平，後悔沒有追問到底。呂蒙正說：「如果一旦知道了他的姓名，就會終生難忘，這樣倒不如不知道為好。」當時的人都佩服他的度量。呂蒙正擔任平章事。趙普是開國元老，呂蒙正雖然出仕較晚，但歷經十二年官職升遷，最終與趙普同在相位，趙普對他非常推重。

在此之前，盧多遜擔任宰相時，他的兒子盧雍初入仕途，就被授任水部員外郎，後來這竟成慣例。到了呂蒙正擔任宰相時，他上奏說：「我僥倖考中甲科進士，初入仕途時只被授予九品京官。況且天下還有那麼多有才能的人隱居山林，不能享受朝廷俸祿。現在我的兒子剛滿一周歲，就接受如此恩寵的任命，恐怕會招來責難，請求用我初入仕途時的官職來授予他。」從此之後，宰相之子初入仕途只授九品京官，就成了定制。

有位朝臣家中藏有一面古鏡，自稱能照到二百里遠的地方，想通過呂蒙正的弟弟來獻給呂蒙正以求得關照。呂蒙正的弟弟偶然間從容向呂蒙正提起這件事，呂蒙正笑著說：「我的臉不過才一尺來寬，哪里用得著照二百里的鏡子呢？」他的弟弟於是不敢再提此事，聽到這件事的人都對呂蒙正讚歎佩服。自宋朝開國以來，三次擔任宰相的，只有趙普和呂蒙正被授任司空兼門下侍郎。咸平六年（1003），呂蒙正被授任太子太師，封為萊國公，後改封為徐國公，又改封為許國公。

呂蒙正在洛陽有園亭，他時常會集親朋好友，周圍侍奉的都是他的子孫，間或舉杯祝壽，他感到心滿意足。宋真宗祭拜陵墓、祭祀後土時，路過洛陽，曾兩次到呂蒙正的府第探望，當時的人們都以此為榮。宋真宗問呂蒙正：「你的兒子當中誰可以重用？」呂蒙正回答說：「我的兒子都不足重用。但我的侄子呂夷簡，有宰相之才。」

呂蒙正有位門客叫富言，有一天他對呂蒙正說：「我有個兒子年紀很小，想讓他進書院讀書。」呂蒙正答應了。呂蒙正見到富言的兒子後，驚訝地說：「這孩子將來在名位上與我相似，而他的功勳業績卻會遠遠超過我。」這個孩子就是富弼。呂蒙正如此善於識人。他去世後，被追謚號為文穆。

呂龜圖的弟弟是呂龜祥，呂龜祥的兒子是呂

蒙亨，呂蒙亨的兒子就是呂夷簡。呂蒙正的兒子呂居簡，在慶曆年間擔任提點京東刑獄。當時夏竦對石介懷恨在心，石介已死，夏竦便對宋仁宗說：「石介如果不死，就會投奔北方。」於是仁宗派宦官去掘開石介的棺材以驗明真相。呂居簡對宦官說：「萬一石介真的死了，那麼朝廷就是無故掘人墳墓。」宦官問：「在您看來怎麼辦呢？」呂居簡說：「石介死的時候，一定有內外親族和門生為他送葬，可以發檄文詢問他們。」宦官聽從了他的建議，命令他們出具保證書。宦官入宮上奏，宋仁宗察覺夏子喬的誣告，於是沒有掘墓。當時人們都認為呂居簡是個有德行的人。呂居簡最終官至龍圖閣直學士。

十二、吕蒙正父龜圖好內寵，蒙正與母劉氏俱被出，因淪躓窘乏，或謂其嘗處破窑中，自歎有「撥盡寒爐一夜灰」之句。他日相府退衙，片雪沾衣，欲斬執役人，其妻因反撥灰詩諷之。又嘗有《鴟吻》詩曰：「獸頭元是一團泥，做盡辛勤人不知。如今擡在青雲裏，忘卻當初窑内時。」（明代蔣一葵《堯山堂外紀》卷四十三。）

【譯文】呂蒙正的父親呂龜圖喜好寵妾，因此呂蒙正和他的母親劉氏都被趕出家門，生活陷入困頓和窘迫之中，有人傳説呂蒙正曾在破窑中居住，並自歎作有「撥盡寒爐一夜灰」的詩句。有一天，呂蒙正從相府退朝回家，發現衣服上沾了一片雪花，便想要斬殺僕役，他的妻子便用那首「撥盡寒爐一夜灰」的詩句來委婉勸諫他。此外，呂蒙正還曾寫過一首《鴟吻》詩，詩中寫道：「獸頭元是一團泥，做盡辛勤人不知。如今抬在青雲裏，忘卻當初窑內時。」

十三、吕文穆公未第時，薄游一縣，胡大監旦方隨其父宰是邑，遇吕甚薄。客有譽吕曰：「吕君工於詩，宜少加禮。」胡問詩之警句。客舉一篇，其卒章云：「挑盡寒燈夢不成。」胡笑曰：「乃是一渴睡漢耳。」吕聞之，甚恨而去。明年，首中甲科，使人寄聲語胡曰：「渴睡漢狀元及第矣。」胡答曰：「待我明年第二人及第，輸君一籌。」既而次榜亦中首選。（宋代歐陽修《六一詩話》。）

【譯文】文穆公呂蒙正在考中進士之前，曾經遊歷到某縣，當時將作監丞胡旦正跟隨他的父親在該縣做官，對呂蒙正態度很冷淡。有位客人稱讚呂蒙正說：「呂君擅長作詩，應該對他稍加禮遇。」胡旦便問起呂蒙正的詩作中有什麼佳句。客人便舉出一首詩，該詩的末尾一句是：「挑盡寒燈夢不成。」胡旦聽後笑道：「原來只是個渴睡漢啊。」呂蒙正聽說後，非常氣憤地離開了。第二年，呂蒙正高中狀元，他派人給胡旦送去消息說：「那個『渴睡漢』已經考中狀元了。」胡旦回答說：「等我明年也考中第二名，就只比你差一籌了。」結果，到了下一榜（大平興國三年，978年）胡旦也高中狀元。

十四、呂文穆公微時極貧，故有「渴睡漢」之誚。比貴盛，喜食雞舌湯，每朝必用。一夕游花園，遙見墻角一高阜，以爲山也，問左右「誰爲之」，對曰：「此相公所殺雞毛耳。」呂訝曰：「吾食雞幾何，乃有此？」對曰：「雞一舌耳，相公一湯用幾許舌？食湯凡幾時？」呂默然省悔，遂不復用。（清代褚人獲《堅瓠集·餘集》卷一。）

【譯文】文穆公呂蒙正在還未顯貴時非常貧窮，因此有人戲稱他為「渴睡漢」。當他後來位高權重時，喜歡上了喝雞舌湯，每天早上都要喝。有一天晚上，他在花園裏散步，遠遠看到牆角處有一座小土丘，誤以為是山，便問身邊隨從：「這是誰堆的？」隨從回答：「這是相公您吃雞時剩下的雞毛堆成的。」呂蒙正驚訝地說：「我吃了多少雞，才會有這麼多雞毛？」隨從解釋道：「雞只有一條舌頭，而相公您一碗湯就需要用到多少條雞舌頭呢？您吃雞舌湯已經多長時間了？」呂蒙正聽後沉默不語，深感後悔，於是從此不再喝雞舌湯了。（編者注：據宋代沈括《夢溪筆談》：「雞舌香治口氣，所以三省故事郎官口含雞舌香，欲其奏事對答，其氣芬芳。」可知，雞舌為一種含有香氣的東西，並非雞的舌頭。）

十五、凡士大夫之必居大位者，先觀其器度，寬厚則無不中矣。故韓王普在中書，忽命呂公蒙正爲參預，趙常潛覘其爲事而多之，曰：「吾嘗觀呂公每奏事，得聖上嘉賞，未嘗有喜，遇聖上抑剉，亦未嘗有懼色，仍俱未嘗形於言。眞臺輔之器也。」（宋代佚名《丁晉公談録》。）

【譯文】凡是一定官居高位的士大夫，首先觀察他的器度，如果寬厚就無不稱職。因此韓王趙普在中書省任職時，皇帝突然任命呂蒙正為參知政事，趙普私下裏經常觀察呂蒙正處理事務，對他非常讚賞，説：「我曾經觀察呂公每次上奏事情，得到皇上的嘉獎時，他從不表現出喜悦；遇到皇上批評或責備時，他也從未顯露出恐懼的神色，而且他的這些情緒都從不掛在嘴邊。這真是擔任宰相的合適人選啊。」

十六、呂蒙正相公不喜記人過。初參知政事，入朝堂，有朝士於簾内指之曰：「是小子亦參政邪?」蒙正佯爲不聞而過之。其同列怒，令詰其官位、姓名，蒙正遽止之。罷朝，同列猶不能平，悔不窮問，蒙正曰：「一知其姓名，則終身不能復忘，固不如無知也。不問之，何損?」時皆服其量。（宋代司馬光《涑水記聞》卷二。）

【譯文】呂蒙正相公不喜歡記別人的過錯。他剛擔任參知政事時，進入朝堂，有位朝士在簾子後面指著他説：「這小子也是參知政事嗎？」呂蒙正假裝沒聽見就過去了。他的同僚由此生氣，想要追查那個人的官位和姓名，呂蒙正卻急忙制止了他們。退朝後，同僚仍然憤憤不平，後悔沒有追問到底，呂蒙正則說：「一旦知道了他的姓名，就會終生難忘，這樣反而不如不知道。不去問，又有什麼損失呢？」當時的人都佩服他的度量。

十七、蒙正初爲相時，張紳知蔡州，以贓敗。有爲紳營解於太宗，曰：「紳家富，不至此，特蒙正貧時有求不獲，今報之爾。」太宗卽復紳官，蒙正終不辨。後得其實，黜爲絳州團練副使，太宗復謂曰：「張紳果有贓。」蒙正亦不辨。（南宋王稱《東都事略》卷三十二。）

【譯文】呂蒙正剛擔任宰相時，張紳知蔡州，因為貪贓枉法而被罷免。有人向宋太宗為張紳求情，說：「張紳家原本富有，不至於做出這樣的事，這只是因為呂蒙正在貧窮時向他求助卻未得到幫助，如今是在報復張紳而已。」宋太宗聽後就恢復了張紳的官職，但呂蒙正對此始終沒有為自己辯解。後來，事情調查清楚，張紳確實犯了貪贓的罪行，被貶為絳州團練副使，宋太宗又對呂蒙正說：「張紳果然有貪贓的行為。」呂蒙正也依然沒有為自己辯解一二。呂蒙正在西京洛陽任職時，宋真宗多次派遣宦官帶來命令，呂蒙正對待他們像在官居宰相時，不曾自我貶低身份。當時的人十分推崇他。

十八、呂蒙正居宰弼。一日，諫官張觀忤太宗，旨送臺獄。蒙正翌日不入朝，上遣使問其故，對曰：「臣爲宰臣，致諫官下獄，復何面目見君上耶?」上急出觀焉。（宋代田況《儒林公議》。）

【譯文】呂蒙正擔任宰相時，有一天，諫官張觀觸怒了宋太宗，宋太宗下旨將他送入御史臺監獄。第二天，呂蒙正沒有上朝，宋太宗便派人詢問他原因，呂蒙正回答說：「我身為宰相，卻導致諫官被投入監獄，我還有何面目去見皇上呢？」宋太宗聽後，立即下令釋放張觀。

十九、吕文穆公蒙正以寬厚爲宰相，太宗尤所眷遇。有一朝士，家藏古鑒，自言能照二百里，欲因公弟獻以求知。其弟伺間從容言之，公笑曰：「吾面不過楪子大，安用照二百里?」其弟遂不復敢言。聞者歎服，以謂賢於李衛公遠矣。

（宋代歐陽修《歸田録》卷二。）

【譯文】文穆公呂蒙正擔任宰相時以寬大厚道為宗旨，深受宋太宗的寵信。有位朝中的官員，家中藏有一面古鏡，他自稱這面鏡子能照到方圓二百里的地方，想借呂蒙正的弟弟之手獻給呂蒙正，以此求得他的關照。呂蒙正的弟弟找個合適的機會，很隨意地向呂蒙正提起了這件事。呂蒙正聽後笑著說：「我的臉面不過是碟子一般大，哪里用得著能照方圓二百里的鏡子呢？」他的弟弟聽後便不再敢提起此事。聽到這件事的人無不讚歎佩服，認為呂蒙正的品行遠遠超過了唐朝衛國公李靖。

二十、呂公蒙正嘗問諸子曰：「我爲相，外議如何?」諸子云：「大人爲相，四方無事，蠻夷賓服，甚善。但人言無能爲，事權多爲同列所爭。」公曰：「我誠無能，但有一能，善用人耳。此眞宰相之事也。」公夾袋中有册子，每四方人替罷謁見，必問其有何人才。客去，隨卽疏之，悉分門類，或有一人而數人稱之者，必賢也。朝廷求賢，取之囊中。故公爲相，文武百官各稱職者，以此。（宋代朱熹、李幼武《宋名臣言行録》前集卷一。）

【譯文】呂蒙正曾問他的兒子們：「我擔任宰相，外面的評價如何？」兒子們回答說：「父親大人擔任宰相，四方安定無事，外族也都歸順，評價非常好。但人們說您沒有什麼作為，很多事務的權力都被同僚們爭奪去了。」呂蒙正說：「我確實沒有什麼特別的才能，但有一點我做得很好，那就是善於用人。這才是宰相真正應該做的事情。」呂蒙正有一個夾袋，裏面放著冊子，每當有來自四面八方的官員更替或前來拜見時，他必定會詢問他們有哪些人才。客人離開後，他立即將這些人才記錄下來，並詳細分類。

如果有人被多人推薦，那他一定是賢能之人。朝廷需要賢才時，他就從夾袋中選取。因此，呂蒙正擔任宰相期間，文武百官都能各盡其職，原因就在於此。

二十一、呂中令蒙正，國朝三入中書，惟公與趙韓王爾，未嘗以姻戚僥寵澤。子從簡當奏補，時公爲揆門相。舊制，宰相奏子，起家卽授水部員外郎，加朝階。公奏曰：「臣昔忝甲科及第，釋褐止授九品京官，況天下才能，老於巖穴、不能霑寸禄者無限。今臣男從簡，始離襁褓，一物不知，膺此寵命，恐罹陰譴，止乞以臣釋褐日所授官補之。」固讓方允，止授九品京官，自爾爲制。公生於洛中祖第正寢，至易簀，亦在其寢。其子集賢二卿，平日親與文瑩語此事云。（宋代僧文瑩《玉壺清話》卷三。）

【譯文】中書令呂蒙正，在宋朝三次進入中書省任職，僅他和韓王趙普兩人而已，但他從未利用姻親關係謀求過恩寵和利益。當他的兒子呂從簡應當通過奏請獲得官職時，呂蒙正正擔任宰相。按照舊制，宰相的兒子可以通過奏請直接授任水部員外郎，加封朝階。呂蒙正上奏說：「我過去雖然僥倖考中甲科，但初入仕途時也只是被授任九品京官，況且天下有才能的人，很多都終老於山林，無法獲得一官半職。如今我的兒子呂從簡，才剛滿周歲，什麼都不懂，就承受這樣的恩寵，我擔心會招來災禍，所以只求按照我當初入仕時的官職來授予他。」他堅持辭讓朝廷才允許，最終呂從簡只被授任九品京官，這一規定也從此成為定制。呂蒙正出生在洛陽祖宅的正房中，直到臨終前，他也依然住在那間房裏。他的兒子集賢二卿呂居簡，平時親自對文瑩我講述過這些事情。

二十二、太平興國二年正月六日，太宗始御講武殿試進士，賜呂蒙正以下及第。……其賜呂蒙正詩有云「帝澤雖寬異，官榮莫忘貧」。

呂蒙正自僕射乞出，得判河中府。太宗曰：「卿狀元及第，朕用卿作宰相，今日可謂榮歸鄉里。」因有詩曰：「滿朝鴛鷺醉中別，萬里煙霄達子歸。」太宗聞之曰：「呂蒙正似無意再來。」既而三召，方再入相。（宋代龔定臣《東原録》。）

【譯文】太平興國二年正月初六（977年1月27日），宋太宗最初在講武殿考試進士，賜呂蒙正以下等人進士及第。……其中賜予呂蒙正的詩句有「帝澤雖寬異，官榮莫忘貧」。

呂蒙正請求從僕射的職位上出任地方官，因此得以判河中府。宋太宗對他說：「你曾是狀元及第，朕任命你為宰相，如今你回到家鄉，可說是衣錦榮歸。」呂蒙正因此作詩一首：「滿朝鴛鷺醉中別，萬里煙霄達子歸。」宋太宗聽聞此事後，說：「呂蒙正似乎沒有意願再回到朝廷任職。」然而，經過朝廷多次徵召之後，呂蒙正最終還是再次被任命為宰相。

二十三、文穆有大第在洛中，眞宗祠汾時，嘗駕幸止其廳。後人不敢復坐，間以欄楯，設御榻焉。卽今張文孝公宅是也。（宋代吳處厚《青箱雜記》卷一。）

【譯文】文穆公呂蒙正在洛陽城中擁有一座大府邸。宋真宗前往汾陰祭祀時，曾駕臨並在這座府邸的大廳中停留休息。自此以後，府邸中的人便不敢再坐在那裏，於是就在周圍設置欄杆，並在那裏安放一張御榻。就是如今張文孝公（張觀）的住宅。

二十四、呂文穆公既致政，居於洛，今南州坊張觀文宅是也。眞宗祀汾陰，過洛，文穆尚能迎謁，至回鑾，已病。帝爲幸其宅，坐堂中，宅后歸張氏，御座尚在，人不敢居正寢。問曰：「卿諸子孰可用?」公對曰：「臣諸子皆豚犬，不足用。有侄夷簡，任潁州推官，宰相才也。」帝記其語，遂至大用，文靖公也。先是富韓公之父貧甚，客文穆公門下，一日白公曰：「某兒子十許歲，欲令入書院，事廷評、太祝。」公許之。其子韓公也，文穆見之，驚曰：「此兒他日名位與吾相似。」亟令諸子同學，供給甚厚。

文穆兩入相，以司徒致仕，後韓公亦兩入相，以司徒致仕。文穆知人之術如此。文靖公亦受其術。文潞公自兗州通判代歸，文靖一見奇之，問潞公：「有兗州墨攜以來。」明日，潞公進墨，文靖熟視久之，蓋欲相潞公手也。薦潞公爲殿中侍御史，爲從官，平貝州，出入將相五十年，以太師致仕，年逾九十。天下謂之文、富二公者皆出呂氏之門。嗚呼盛哉。（宋代邵伯溫《邵氏聞見録》卷八。）

【譯文】文穆公呂蒙正退休後，居住在洛陽，現今的南州坊張觀文宅便是其故居。宋真宗在前往汾陰祭祀的途中，路過洛陽，那時呂蒙正尚能親自迎接，但等到宋真宗回程時，他已病重。宋真宗前往他的宅邸探望，坐在廳堂中，（這宅子後來屬於張氏，但真宗當時坐的御座仍保留，無人敢在正廳居住。）並詢問：「愛卿的兒子中，誰堪當大任？」呂蒙正回答：「我的兒子們都不成器，難當大任。但我有個侄子呂夷簡，任潁州推官，他有宰相之才。」宋真宗記住了他的話，後來果然重用呂夷簡，即後來的文靖公。在此之前，富韓公（富弼）的父親富言家境貧寒，曾是呂蒙正的門客。一天，他向呂蒙正請求：「我的兒子十多歲了，想讓他進入書院，跟隨廷評、太祝學習。」呂蒙正答應了。當呂蒙正見到富弼時，大為驚訝地說：「這孩子將來名位將與我相仿。」於是立刻讓自己的兒子們與富弼一同學習，並給予他優厚的待遇。

呂蒙正兩次出任宰相，最後以司徒的身份退休。富弼後來也兩次擔任宰相，同樣以司徒退休。呂蒙正識人的眼光非常獨到如此。呂夷簡也繼承了這種識人之術。當文潞公（文彥博）從兗州通判的任上歸來時，呂夷簡一見面就覺得他非凡，問他：「如果帶了兗州墨就過來。」第二天，文彥博獻上兗州墨，呂夷簡仔細端詳了很久，其實是在觀察文彥博的手相。後來，呂夷簡推薦文彥博擔任殿中侍御史，成為朝廷重臣。文彥博平定河北貝州軍官王則之亂，出入將相之位長達五十年，最終以太師身份退休，享年超過九十歲。天下人都稱頌文彥博、富弼兩位公卿都出自呂氏家族的門下，這真是一件大盛事啊。

二十五、予嘗愛王沂公曾布衣時，以所業贄呂文穆公蒙正，卷有《早梅》句云：「雪中未問和羹事，且向百花頭上開。」文穆曰：「此生次第已安排作狀元宰相矣。」後皆盡然。（宋代僧文瑩《湘山野録》卷上。）

【譯文】我向來欣賞沂公王曾在身為平民時，拿著自己的作品去拜見文穆公呂蒙正的情景。他的作品中有首《早梅》詩，裏面寫道：「雪中未問和羹事，且向百花頭上開。」呂蒙正看了後說：「這個年輕人的前程已經註定將來會高中狀元，官至宰相。」後來果然如呂蒙正所言。

二十六、太宗時，宋白、賈黃中、李至、呂蒙正、蘇易簡五人同時拜翰林學士承旨，扈蒙贈之以詩云：「五鳳齊飛入翰林。」其後呂蒙正爲宰相，賈黃中、李至、蘇易簡皆至參知政事，宋白官至尚書，老於承旨。皆爲名臣。（宋代歐陽修《歸田録》卷一。）

【譯文】宋太宗時期，宋白、賈黃中、李至、呂蒙正、蘇易簡五人同時被任命為翰林學士承旨，扈蒙特地作詩贈予他們，詩中寫道：「五鳳齊飛入翰林。」後來，呂蒙正官至宰相，賈黃中、李至、蘇易簡官至參知政事，而宋白則官至尚書，一直擔任翰林學士承旨直到年老。這五位都是一代名臣。

二十七、龍首四人：呂蒙正聖功、李迪復古、王曾孝先、宋庠公序。石揚休詩：「皇朝四十三龍首，身到黃扉止四人。」（宋代王應麟《小學紺珠》卷六。）

【譯文】龍首四人，分別為：呂蒙正（字聖功）、李迪（字復古）、王曾（字孝先）、宋庠（字公序）。（石揚休曾作詩寫道：「皇朝四十三龍首，身到黃扉止四人。」）

二十八、吕文穆相太宗。猶子文靖文靖參眞宗政事，相仁宗。文靖子惠穆爲英宗副樞，爲神宗樞使；次子正獻爲神宗知樞，相哲宗。正獻孫舜徒爲太上皇右丞。相繼執七朝政，眞盛事也。

（宋代王明清《揮麈録》卷二。）

【譯文】文穆公呂蒙正在宋太宗時期擔任宰相。他的侄子文靖公呂夷簡則在真宗時期為參知政事，在仁宗時期擔任宰相。呂夷簡的兒子惠穆公呂公弼是英宗時期的樞密副使，在神宗時期擔任樞密使；次子正獻公呂公著在神宗時期為知樞密院事，在哲宗時期擔任宰相。呂公著的孫子呂好問（字舜徒）在太上皇時期（宋高宗）擔任尚書右丞。呂家先後在七朝中都有人執掌朝政，這真是一件極為盛大的事情。

附錄五：呂文穆公蒙正神道碑

北宋・富弼

東平呂公相我太宗、眞宗垂二十年。咸平六年夏，以疾罷歸第。大中祥符四年四月十九日，遂不起，年六十六。五年十月二十七日，葬於河南府洛陽縣金石鄉奉先里。後五十七年，其子居簡始議琢碑於墓次，請文於里人富某。某義不得辭，輒用纂其世次、德業之實，以告諸神曰：呂氏其先，出於炎帝，姜姓，虞夏之際始封於呂，其後遂以所封爲氏。周初，太公望以功國於齊。

穆王時，有呂侯爲周司寇，王命作《呂刑》以訓。至西漢，其裔孫有居東平者，卽呂侯之後也。本大支茂，歷世有人，以文武勳德顯名於當時者，偉然相望。唐末，徙籍太原。國初，遷居洛，今遂爲洛陽人也。

公諱蒙正，字聖功。太宗太平興國三年春，首拔進士第。初命將作監丞、通判昇州。四年代還，會帝征太原劉氏，朝於行在，道受著作郎、直史館，旋加右拾遺，服銀緋。五年轉左補闕、知制誥，服金紫。八年，遷都官郎中，召入翰林充學士。是冬，擢爲左諫議大夫、參知政事，俄升給事中。端拱元年，拜中書侍郎兼戶部尚書、同中書門下平章事、監修國史。未幾，代趙普爲上相。淳化二年，罷爲吏部尚書、奉朝請。四年復爲上相。至道元年，除授左僕射、判河南府，兼西京留守。眞宗紹位，就加左僕射。咸平三年詔歸，四年復爲上相，益以昭文館大學士。五年冊拜司空，兼門下侍郎。明年感疾，凡七上章求解政事，改太子太師，仍封萊國公。以告成泰山，進封徐國；祠后土，又進封許國。

及薨，天子震怛，哭甚悲，不能視朝者三日。遣使弔祭，賻賜特厚。贈中書令，謚文穆。公以諸子位於朝，累贈太師，兼尚書令、秦國公。

始公少時，考妣以口舌偶相戾，遂以異處，然情義內篤，交誓不復嫁娶。考後連佐邊幕，妣居洛中，並留公侍焉。公每感歎憤懣，絕跡於龍門山，躬事薪汲，力奉慈養，而且痛自刻責以爲業，晝夜漏相接，未始少懈。嘗泣淚滿所讀書，而怳怳日若無以爲生者。如是數年，學益富，文益奇，聲動天下，士友益附。

太祖開寶末，公侍母氏赴舉東都。時太宗

以晉王尹開封，聞公名，召見，復索其所著文，大稱之，期以公輔之器。是秋府薦，甲於鄉書。明年，卽上第。自此七年，參預國政，總十二年，凡七遷，遂作宰相。領萬務，必本於仁義教化，而不專尚條約。鈞酌衡量，咸適其宜，中外靜明，翕然稱治。精於選任，憸庸者不得進。久之，知蔡州、金部員外郎張紳以贓敗，或譖於帝曰：「紳亦洛人，家甚富，昔呂某方就學，苦貧，恨紳不能如意資其用，今挾權諷下誣以賄免耳。是豈好貨者也?」帝驟信，立還紳官，而以他事罷公相。公退就常參位，怡然一不自明。踰年，帝得紳贓實，始悟，遽黜紳爲絳州副使。翊日復以相命公，慰勞優篤，遂及紳事，而公亦不謝。

帝既愛其能守法度，而復重其沉毅不撓。俄欲遣人使朔方，諭中書選才而可責以事者聞，公退以名上，帝不許。他日又問，公以前所選對，帝亦不許。他日又問，益急，公終不肯易其人。帝盛怒，投其奏書於地，曰:「呂蒙正何太執耶?必爲我易之!」公徐對曰:「臣非執，蓋陛下未諒耳。」因固稱其人可使，餘不及，「臣不欲用媚道妄隨人主意以害國事。」同府皆惕息不敢動。公插笏俯而拾其書，徐懷之而下。帝退謂親信曰:「是公氣量，我不如。」既而卒用公所選，復命，大稱旨，帝於是益知能任人而加有不可奪之志。

上元觀燈，一夕帝宴近臣於端拱樓，樂車馬之藝。左右顧曰:「五代都邑凋喪，閭巷無幾人，今其全盛如此，可喜，可喜!」公避席曰:「乘輿所在，士庶皆走集，故盛。臣常見都外不數里，饑寒而死者甚衆，不必盡然。願陛下視近以及遠，蒼生之幸也。」帝頳顏不語。王禹偁名謇諤，時亦在列，聞其對，爲之汗下，而公侃然復位，無懼色。

帝以西、北二敵弗服，忿之，常議討伐。公切諫：「兵者傷人匱財，不可屢動。漢武郡國萬里外，可謂快其志矣，然天下已困，終悔之。唐文皇親征遼碣，手運土木，卒無功而還，亦悔。是二主者，曠百代無比，而用兵皆不免於悔，爲後世非笑。陛下及其未有以悔也，惟早慎之。直宜以道德恩信橫於中而澹乎外，則夷狄自賓。與夫命死官，舉兇器，校其所不足，與校於無用之地，而又倖勝於萬一者，豈不遠哉！」帝傾聽褒納，自是伐議遂寢，但用應兵而已。

本朝故事，宰相子起家爲水部員外郎，公長子從簡當得之，公以延蔭太寵，非所以慎官賞、勵寒畯也，懇辭不拜，秖受將作監丞，因以爲著例，於今不易。在河南會熙陵役作，公念輔政既久，恩寵特殊，羸然曳縗，謁靈輿於境上，伏地哭幾絕，屢哭屢幾絕，行路皆哭，皇皇焉不忍去。不得已，乃出私錢三百萬，助復土之費而還。其在疾告也，降醫走使，不絕於道。公以盡瘁積疾，猝未有瘳，累表乞骸骨，優詔不允。既而姑願歸洛，將行，聽肩輿至殿門，俾二子掖而登，坐而訪問，日昃方罷。二子咸面推以恩。公晚築園宅於洛，至則以琴觴雅宴，自肆於其間，間與樵釣野叟駢席而語，不以軒冕累其歡，曠如也。

公渾厚淵博，忠亮寬懿，無煩語，不妄顧，與人無親疏，無高下階級，而一歸於至正。其爲諫諍、爲侍從、爲執政，凡嘉猷偉畫，皆不作己出，而密歸之於上，惟上自行之，故人無知者。其有不能秘，須論議別白而後方從者，遂傳焉，則天下稱道聳伏，想望其人，邈如神明。自始仕至再罷相，惟在昇與河南爲外委，餘並處內不出，未嘗一日遠於朝廷。至於河南之行，尚非太皇雅意，蓋強出之，將以遺嗣君，以結公心。故章聖初，亟復在位，三入相，皆首之，所以專其任也。丁內外艱，皆奪情而起，不容終制，不欲使他人代也。賜第東都，以安其居，俾無外徙之請也。移疾歸鄉黨，積十年，卒不許還政，第詔令休息頤養，而密常使人候其安否。章聖謁陵寢、祀汾陰，再駕西都，皆幸其第，又親視其疾，思復用也。非公謀謨設施，潛運默化，人雖罕得見其跡，而功自被於四海，致時升平，則疇能感夫兩朝眷遇絕比，如此其至者乎！

公策名冠天下士，而位登元宰，官至三公，階、勳、爵、邑咸第一，勤畏翼翼，乃心王家，周旋始終，毫髮無玷，以老疾懇請而退。天子慊然，猶欲起其廢而用之。嗚呼！盛矣哉！可謂聖世

令德鉅人者矣

曾王父諱韜，皇主莫州莫縣簿，贈太保。曾王母太原王氏，封許國太夫人。王父諱夢奇，皇戶部侍郎，贈太保。王母潁川郡君陳氏，封鄧國太夫人。父諱龜圖，皇起居郎，贈尚書令。母彭城劉氏，封徐國太夫人。

公掌誥時，會令君朝京師，公跪而泣於令君、徐國，且告曰：「大人、母氏皆老矣，不肖子不忍見茲睽忤不偶，願復故好，敢以死請。」語訖，又伏於前，泣下不止。令君、徐國不得已，憐而從之，然終異堂而處。公晨暮交走，咸盡色養，人於是始知公之純孝大行於其家也。

初娶宋氏，封廣平縣君；再娶薛氏，封譙國夫人，皆歿於公之先。

男十人：從簡，駕部員外郎；知簡，大理寺丞；惟簡，庫部郎中；承簡，虞部郎中；行簡，比部郎中；次未名；次易簡，奉禮部；務簡，光祿少卿；居簡，龍圖閣直學士、尚書兵部侍郎；師簡，司農少卿。

公退居於里，常召諸子立庭下，誨之曰：「吾觀舊史，見唐中葉後至周末，亂離相繼不絕，卿相往往不得其死而無歸全之所。吾幸生盛時，碩茂尊顯，今又奉身至此，知夫免矣。矧若曹皆得為王官，其無為世胄子弟之為者以自蹈不淑，且重污吾而將以累吾家。」由是諸子夙夜相警勵，不忘詔教，持身謹敕，咸稱善人。惟龍圖公最為肖公，沉識懿行，動有規法，力以詞業自登名於英俊之域，入踐臺閣，出更藩服，藹著嘉績，稔於輿論，異日必能躡公之武於廊廟之上，而增大乎門構矣。今自海南移典鄭州，餘九人者，先後公皆卒。孫二十五人，曾孫三十一人，並傳公之所誨於其父祖，罔敢不率。人於是又知公之義訓大施於其後，孫皆有官，而曾孫亦有出仕者。

女六人：長嫁光祿寺丞、直集賢院孫暨；次嫁刑部侍郎、參知政事趙安仁；次嫁太常博士周漸；次嫁觀文殿學士、尚書右丞丁度；次早夭；次嫁永州推官楊巽。

文集二十卷，行於時。

銘曰：

天之生賢，而不世出。出不逢時，亡位而沒。生而無成，不若勿生。主辰而成，惟公奠京。初隱而學，四方聞聲。舉以魁衆，四方益驚。歲始踰七，遂爲相臣。相我二宗，太皇粵眞。三相必首，不令後人。善不有已，造寧密陳。事苟咈欝，衆皆逡巡。公勇而前，悉心以論。帝怒斯震，公顏益溫。居若柔弱，語焉不聞。及以議諍，骨鯁必伸。公久不渝，一心劬劬。帝知忠端，始貳終孚。帝嗟乎公，我有不如。百職具舉，萬方以胥。成我太平，匪公曷圖。公處厥位，天子是依。讒免疾去，天下以思。進則以道，勤勞飭之。退必以禮，燕樂適之。曰子芸芸，曰孫群群。厥有肖子，又絕其倫。天其意者，斯爲報與?文石於墓，無窮之所告與!（《全宋文》卷六百九。）

附錄六：呂蒙正詩句

讀書龍門山土室作

八灘風急浪花飛，手把漁竿傍釣磯。自是釣頭香餌別，此心終待得魚歸。

題闕里

南沂西泗繞晴霞，北岱東蒙擁翠華。萬里冠裳王者會，千年鄒魯聖人家。

高從蔽日無巢鳥，古碣埋雲半吐花。瞻望宮殿空佝僂，敢從滄海問津涯。

行經鴻溝

溝中流水已成塵，溝畔荒涼起暮雲。大抵關河須一統，可能天地更平分。

煙橫綠野山空在，樹倚高原日漸曛。方憑征鞍思往事，數聲風笛馬前聞。

尹洛日作

昔作儒生謁貢闈，今提相印出黃扉。九重鵷鷺醉中別，萬里煙霄達了歸。

鄰叟盡垂新鶴發，故人猶著舊麻衣。洛陽讒道多才子，自歎遭逢似我稀。

登岳陽樓

百尺危樓倚杳冥，憑欄回首不勝情。風吹楚水光搖漢，浪颭君山翠入城。

遠岫雨餘群樹冷，曉江風定片帆輕。正嗟飄

蕩無歸著，日暮橋邊一笛聲。

岳陽樓望洞庭

八月寒濤濺碧空，片帆悠颺信秋風。探珠直待驪龍睡，莫遣迷津浩渺中。

題龙门

思山乘興看山回, 烏帽綸巾入帝臺。門吏不須詢姓氏，也曾三到鳳池來。

訪謁不遇

十謁朱門九不開，滿身風雪又歸來。入門懶睹妻兒面，撥盡寒爐一夜灰。

鴟吻

獸頭元是一團泥，做盡辛勤人不知。如今擡

在青雲裏，忘卻當初窖内時。

祭灶詩

一碗清湯詩一篇，灶君今日上青天；玉皇若問人間事，亂世文章不值錢。

殘詩

怪得池塘春水滿，夜来风雨起南山。

殘句

挑盡寒燈夢不成。

附錄七：大宋重修兗州文宣王廟碑銘并序

北宋· 呂蒙正

聖人之興也，能成天下之務，能通天下之志，然亦不能免窮通否泰之數。是故有其位則聖人之道泰，無其位則聖人之道否。大哉，夫堯、舜、禹、湯，其有位之聖人乎!我先師夫子，其無位之聖人歟!

【譯文】聖人的興起，能夠成就天下的事業，通達天下人的意志，但即便如此，也無法避免命運中的順境與逆境、通達與困厄。因此，當他們身居高位時，聖人的理念便能廣泛施行而昌盛；若失去這樣的地位，聖人的主張則可能受阻而不顯。多麼偉大啊，像唐堯、虞舜、夏禹、商湯這樣的君主，他們正是身居高位而成就聖道的典範！而我們儒者的先師孔子，則是雖無顯赫地位，卻以聖人之姿教化世人的典範！

昔者大道既隱，眞風漸漓。有爲之迹雖彰，禪代之風未替。繇是堯、舜、禹、湯，苞至聖之德，有其位，故德澤及於兆民。逮乎周室衰微，諸侯强盛，干戈靡戢，黔首疇依。繇是仲尼有至聖之德，無其位，所以道屈於季、孟。

【譯文】昔日大道已然隱沒，純真的風氣逐漸淡薄。儘管有為的政治舉措仍然顯著，但權力更迭之風也未曾停歇。因此，唐堯、虞舜、夏禹、商湯這些君主，擁有至高無上的聖德，由於他們身居高位，其德行恩澤得以廣被億萬民眾。然而，到了周王室衰微的時代，諸侯勢力強盛，戰亂頻仍，百姓無所依歸。因此，孔子雖然擁有至高無上的聖德，卻因未能居於高位，其學說和理念反而屈居於魯國季氏、孟氏等權臣之下。

嗚呼，夫子以天生之德，智足以周乎萬物，道足以濟於天下，而棲遑列國，卒不見用，得非其道至大，而天下莫能容乎？復乃當時之生民不幸乎？向使有其位，用其道，又何止夾谷之會，沮彼齊侯，兩觀之下，誅其正卯，墳羊辨土木之妖，楛矢驗蠻夷之貢？必將恢聖人之道，功濟乎宇宙，澤及於黎庶矣，奚一中都宰、大司寇，可伸其聖道哉？

【譯文】嗚呼，孔子憑藉天生的德行，智慧足以周遍萬物，道義足以救濟天下，然而他卻輾轉於各國之間，最終未能得到重用。這難道不是因為他的道行至高至大，以至於天下無人能完全容納嗎？還是說，這是當時百姓的不幸呢？假若孔子能夠身居高位，實踐他的學說，那麼他的成就又怎會僅僅局限於夾谷之會上挫敗齊景公的威風，兩觀之下誅殺奸佞少正卯，以及通過墳羊之辨揭露土木之妖，用楛矢驗證蠻夷之貢這些事蹟上呢？他必將恢復並弘揚聖人的大道，使功績廣布於宇宙之間，恩澤惠及萬民百姓。區區一個中都宰、大司寇，又怎能完全施展他的聖道呢？

嗟夫，文王没而斯文未喪，時命屯而吾道不行，可爲長太息矣。洎乎《河圖》不出，鳳德云衰，爰困蔡以厄陳，遂自衛以反魯。於是删

《詩》《書》，贊《易》象，因史記作《春秋》。大旨尊王者而黜霸道，威亂臣而懼賊子。然後損益三代之禮樂，褒貶百王之善惡。蕪而穢者芟而夷之，紊而亂者綱而紀之。建末俗之郛郭，垂萬祀之楷則。遂使君臣、父子咸知揖讓之儀，貴賤、親疏皆識等夷之數。功均造物，德被生人。昭昭焉，蕩蕩焉，與日月高懸、天壤不朽者，夫子之道乎！故曰：自生民以來，未有如夫子者也。非夫道尊德貴，惟幾不測，孰能與於此乎！故天下奉其教，尊其像，祠廟相望者豈徒然哉。自唐季而下，晉漢以還，中原俶擾，宇縣分裂。四郊多壘，鞠爲戰鬥之場，五嶽飛塵，競以干戈爲務。周雖經營四方，日不暇給。故我素王之道，將墜於地；光闡儒宗，屬在昌運。

【譯文】唉，周文王雖逝但文化之道並未消

亡，時運不濟而我的學說也難以施行，這真令人長歎不已。到了《河圖》不再顯現，鳳凰祥雲之瑞氣衰退之時，孔子在蔡國受困，又在陳國遭遇險境，最終從衛國返回魯國。於是，他刪定《詩經》《尚書》，為《易經》作序贊，依據歷史記載撰寫《春秋》。其核心思想在於尊崇王道而貶斥霸道，震服亂臣賊子以維護秩序。隨後，他對夏、商、周三代的禮樂制度進行損益調整，對歷代君王的善惡行為進行褒揚或批評。對於蕪雜污穢之處，他予以清除；對於混亂無序之事，他制定綱紀以規範。他建立了末世的道德框架，為後世樹立了永恆的典範。從此，君臣、父子之間都懂得了禮讓的儀節，貴賤、親疏之間都明確了各自的等級和界限。孔子的功績如同造物主一般偉大，他的恩德惠及了所有生靈。他的學說光明照耀，與日月同輝，與天地共存，不朽於世。

因此，我們可以說：自有生民以來，從未有過像孔子這樣偉大的人物。若非他的道行至高至尊，德行至貴至重，且深不可測，誰又能達到這樣的境界呢！所以，天下人都尊崇他的教誨，敬奉他的形象，各地祠廟相望，這絕非偶然。自唐朝末年以來，歷經五代十國，中原地區戰亂不斷，國家四分五裂。四周烽火連天，成為戰場；五嶽之上塵土飛揚，各國競相以武力相爭。周朝雖然努力經營四方，但仍是應接不暇。因此，我們這位素王（孔子）的學說，幾乎要淪喪於地。然而，在昌盛的時代，復興儒學的重任便落在了我們的肩上。

我宋應運統天睿文英武大聖至明廣孝皇帝之纘寶位也，以徇齊之德，兼睿哲之明。總覽英雄之心，苞括夷夏之地。皇明有赫，聖政日新。解網泣辜，示至仁於天下；侮亡取亂，清大憝於域中。復浙右之土疆，貞王匍匐而聽命；伐幷汾之堅壘，凶豎倒戈而繫頸。戎車一駕，掃千里之祅氛；泰壇再陟，展三代之縟禮。拯亂則弔伐，非所以佳兵也；懲惡則止殺，蓋所以遵法也。然後修禮以檢民跡，播樂以和民心。禮修樂舉，刑清俗阜，尚猶日慎一日，躬決萬機。近甸絕禽荒之娛，後庭無游宴之溺。遂得群生亹亹，但樂於天時；萬彙熙熙，不知乎帝力。信可以高視千古，躪轢百王。謂皇道既以平，華夷又以寧，爾乃凝神太素，端拱穆清。闡希夷之風，詮眞如之理。間則披皇墳而稽帝典，奮睿藻以抒宸章，哲王之能事備矣。太平之鴻業成矣。

【譯文】我大宋應運統天睿文英武大聖至明廣孝皇帝（宋太宗）繼承大統，他擁有像虞舜那樣的德行，兼具睿智與哲思之光。他總攬英雄豪傑之心，將中原與邊疆之地盡皆納入版圖。皇恩浩蕩，聖明之政日新月異。他解開法律的羅網，為受冤屈者哭泣，向天下展示至高的仁愛；他討伐滅亡之國，平定叛亂之亂，清除國內的大奸大惡之徒。他收復了浙右的領土，使那裏的真王俯首聽命；他攻克了并州、汾州的堅固堡壘，讓那些兇惡的敵人倒戈投降，束手就擒。他御駕親征，一舉掃除千里之外的妖氛；他多次登上泰壇，隆重地舉行了三代傳承下來的繁復禮儀。他弔民伐罪，以平息亂世，但這並非他樂於用兵；他懲惡止殺，以遵守法度。隨後，他修訂禮制以規範民眾的行為，傳播音樂以和諧民心。禮制得以修復，音樂得以興盛，刑罰清明，風俗淳厚，但他仍然每日謹慎行事，親自處理萬機之務。他近來絕跡於狩獵之樂，後宮中也沒有沉迷於遊樂宴飲。因此，百姓們勤勉不息，只知順應天時之樂；萬物欣欣向榮，卻不知是帝王的功績。他的偉業，足以高視千古，超越百代之王。如今，皇道已經平定，華夏各族都得到了安寧。皇帝於是凝神於太素之境，端坐於穆清之殿，闡揚希夷之風，詮釋真如之理。閒暇之餘，他則披閱皇家的典籍，稽考帝王的遺訓，奮筆疾書，抒發他的睿智與文采。哲王的種種能事，他都已具備；太平盛世的偉大事業，也已成就。

居一日，乃御便殿，謂侍臣曰：朕嗣位以來，咸秩無文，遍修群祀。金田之列剎崇矣，神仙之靈宇修矣。惟魯之夫子廟堂未加營葺，闕孰甚焉。況像設庳而不度，堂廡陋而毀頽。觸目荒涼，荊榛勿剪。階序有妨於函丈，屋壁不可以藏書。既非大壯之規，但有巋然之勢。傾圮浸久，民何所觀？上乃鼎新規，革舊制，遣使星而蒇事，募梓匠以僝功。經之營之，厥功告就。觀夫繚垣雲矗，飛簷翼張。重門呀其洞開，層闕欝其特起。綺疏瞰野，朱檻淩虛。耽耽之邃宇來風，巘巘之雕甍拂漢。回廊複殿，一變維新。升其堂，則藻火黼黻，昭其度也；登其筵，則豆籩簠簋，潔其器也；春秋二仲，上丁佳辰，牢醴在庭，金石在列。侁侁衆賢，以配以侑。凜然生氣，瞻之如在。時或龜山雨霽，岱岳雲斂，則重櫨疊栱，丹青晃日月之光；龍桷雲楣，金碧焜煙霞之色。輪奐之制，振古莫儔；營繕之功，於今爲盛。

【譯文】有一天，皇帝親臨便殿，對侍臣們說：「自朕繼位以來，一直按照禮儀秩序，廣泛修繕各種祭祀場所。金田的名剎已經得到尊崇，神仙的廟宇也已修繕一新。唯獨山東的孔子廟堂尚未得到修繕，這實在是莫大的缺憾。況且廟中的神像設置低矮而不合規制，殿堂廊廡簡陋且破敗不堪。觸目所及而一片荒涼，荊棘叢生而無人修剪。臺階和廊道甚至妨礙了講學的空間，屋壁殘破導致無法藏書。這樣的景象既不符合宏偉壯觀的規劃，只有巋然獨存之勢。長久以來，廟宇傾頹，百姓又能從哪里感受到孔子的精神呢？」於是，皇帝決定鼎新規制，革除舊制，派遣使者前往督辦此事，並招募優秀的工匠進行施工。經過精心規劃和建設，工程終於圓滿告成。只見廟宇四周高牆如雲般聳立，飛簷如翼般張開。重重門户豁然洞開，層疊的樓閣高聳特立。精美的窗櫺俯瞰著原野，朱紅的欄杆淩空而起。深邃的殿堂中清風徐來，高聳的屋脊彷佛觸及天際。回廊環繞，複殿錯落，一切煥然一新。步入殿堂，只見藻井上繪有火紋和黼黻圖案，彰顯著莊嚴的規制；登上筵席，豆、籩、簠、簋等禮器擺放得整整齊齊，潔淨無瑕。春秋兩季的仲月以及上丁節這樣的吉日良辰，庭院中備有牢醴等祭品，金石之樂列陣以待。眾多賢士聚集一堂，以禮儀相配，共同祭祀。孔子的形象彷彿凜然在目，令人肅然起敬。有時，當龜山雨過天晴，岱嶽雲收霧散之時，廟宇的斗拱、櫨拱層層疊疊，丹青的彩繪在陽光下熠熠生輝；龍形的桷椽和雲紋的楣枋在煙霞中閃耀著金碧輝煌的色彩。這宏偉壯麗的建築規制，自古以來無與倫比；而此次修繕的功績，更是至今為止的盛大。

　　繇是公卿庶尹，鴻儒碩生，相與言曰：凡明君之作事也，不爲無益害有益，必乃除千古之患，興萬世之利，然後納華夷於軌物，致黔首於仁壽。夫子無位，立教化人，以文行忠信敦俗，以冠婚喪祭爲民立防，與世垂範。是以上達君，下至民，用之則昌，不用則亡。我君膺千年而出震，奄六合以爲家。一之日、二之日，訪蒸黎之疾苦；三之日、四之日，辨官材之淑慝。爾乃修武備，崇文教，輕徭薄賦，興廢繼絕。於是睠我先師，嚴其廟像，棟宇宏壯，僅罕倫比。遂使槐市杏壇之子，競鼓篋以知歸；褒衣博帶之儒，識横經之有所。矧乃不蠹民財，不耗民力，時以農隙，人以悅使。向謂興萬世之利者，斯之謂歟！與夫秦修阿房，惟矜土木之麗；楚築章華，但營耳目之玩，可同年而語耶?

【譯文】於是，公卿百官、博學鴻儒和傑出學者們紛紛議論道：凡明君行事，絕不會做無益之事以損害有益之事，他們必定會消除千古之患，興辦萬世之利，從而使華夏各族都遵循正道，使百姓安居樂業，盡享仁愛與長壽。孔子雖無帝王之位，但他以教化人民為己任，用文章德行、忠誠信義來敦厚風俗，通過冠禮、婚禮、喪禮、祭禮為民眾樹立了行為規範，為後世留下了垂範。因此，上至君主，下到百姓，都深知孔子的學說若得施行則國家昌盛，若被廢棄則國家危亡。我們的君主，乃是千年一遇的明君，他統一天下，視四海為家。年末十一月、十二月，不忘體恤百姓的疾苦；年初正月、二月，細心辨別官員的賢良與奸邪。他既重視武備，又崇尚文教，減輕徭役，薄收賦稅，興辦廢棄的事業，延續斷絕的禮儀。如今，他特別眷顧我們的先師孔子，莊嚴地修繕了孔廟的殿堂神像，使得廟宇之宏偉壯麗，幾乎難以找到與之相比的。這樣的舉措，使得那些曾在長安槐市、關中杏壇求學的學子們，紛紛振奮精神，以求知若渴的態度回歸學術；那些穿著褒衣博帶的儒者們，也明白了專心研讀經典的意義所在。更為難得的是，這一切的修繕並未耗費民財民力，而是在農閒之時進行，人們也樂於參與這樣的善舉。我們所說的興辦萬世之利，正是如此啊！這與秦始皇修建阿房宮，只為炫耀土木之壯麗；楚靈王建築章華臺，僅供耳目之娛樂，怎能相提並論呢？

將勒貞珉，合資鴻筆。臣詞慚體要，學謝大成。彤庭猥厠於英翘，内署謬司於綸誥。頌聖君之德業，雖效游揚；仰夫子之文章，誠慚狂簡。

恭承睿旨，謹抒銘曰：

【譯文】將這一切功德刻於堅貞之石，彙聚天下傑出文人的筆墨（以資紀念）。我自知言辭難以盡述其要，學識亦難達大成之境。卻有幸在這英才薈萃的朝廷中廁身其間，於內署之中掌管起草詔誥之任。歌頌聖君之德業，雖竭盡所能，猶恐未能盡其遊揚之致；而仰望夫子之文章，則更感自己才疏學淺，狂妄簡率，誠感慚愧。

今恭承聖上之睿旨，謹撰銘文以頌揚曰：

周室衰微兮諸侯擅權，魯道有蕩兮禮樂缺然。神降尼丘兮德鍾於天，挺生夫子兮喪亂之年。秀帝堯之姿兮類子產之肩，苞聖人之德兮凜生知之賢。刪《詩》定《禮》兮糾繆繩愆，智冥造化兮功被陶甄。下學上達兮仁命罕言，將聖多能兮名事正焉。道比四瀆兮日月高懸，仰之彌高兮鑽之彌堅。歷聘諸國兮陳蔡之間，時不用兮吾道迍邅。麟見非應兮反袂漣漣，梁木其壞兮歎彼逝川。王爵疏封兮衮冕聯翩，百世嗣襲兮慶及賞延。明明我后兮化浹無邊，崇彼廟貌兮其功曲全。高門有閌兮虛堂八筵，吉日釋菜兮陳彼豆籩。雕甍畫栱兮旦暮含煙，海日一照兮金翠相鮮。帝將東封兮求福上玄，千乘萬騎兮轟轟闐闐。謁我新廟兮周覽蹁躚，肆覲群后兮岱宗之前。（《全宋文》卷一百六。）

【譯文】周王室衰微之時，諸侯各自擅權；魯國大道平平坦坦，禮樂制度幾近荒廢。上天降下孔子，天賦異稟；孔子應運而生，於亂世之中挺立而出。他擁有帝堯般的英姿，子產般的偉岸，更內蘊聖人之德，智慧超羣，賢能無比。孔子刪定《詩經》，修定《禮》，糾正謬誤；他的智慧高深如造化之功，恩澤廣被萬事萬物。他宣導下學上達，很少提及仁命之說；他多才多藝，名垂青史，所行之事皆為正道。他的道行深廣，如同江河四瀆，與日月同輝，高不可攀，鑽研愈深則愈覺其堅固。他周遊列國，陳蔡之間留下足跡，雖時常不得重用，道路坎坷，但他始終堅守信念。當麒麟非時而出，他知其不祥，淚濕衣襟；當棟樑之材將傾，他感歎時光流逝，世事無常。然而，後世之王仍給予他崇高的爵位與封賞，百世子孫承襲其榮，恩澤綿延不絕。如今，我們英明的君主，其教化之廣無邊無際，他尊崇孔子，修繕廟宇，以全其功德。高門巍峨，堂室寬敞，每逢吉日，便舉行釋菜之禮，陳列豆籩祭器，以表敬意。廟宇之上，雕甍畫拱，晨昏之間，雲煙繚繞，海日初升，金翠交輝。當皇帝東封泰山，祈求上蒼賜福之時，千乘萬騎，浩浩蕩蕩，聲勢震天。他親臨新修的孔廟，周覽其壯麗，又在泰山之前，會見各地長官（共商國是）。

附錄八：上史館呂相公書

北宋・王禹偁

月日，右正言、直史館王某謹齋戒拜書，有言於相公執事：

某累日前，以久不修謁求見相府，相公以某館中諸生召坐與語。某竊不自料，遂以書《日曆》爲請。相公因及史氏廢墜，闕人編修，且曰國子博士李覺屢以修撰幹時政事。某雖對以梗概，曾未畢辭，退食徬徨，不自寧處。

何哉？古者守道不如守官，故以弓招虞人而

不進者，不見皮冠之故也。某雖不才，忝在史職，至於記簡牘之事，定褒貶之文，不為僭也。李覺位列國庠，當教冑子以《詩》《書》《禮》《樂》，講誦誨誘而已，又安得授之史筆哉?

今館中之士，先進者有若銓部員外郎安德裕，左司諫兼直秘閣宋泌，皆砥礪名節，老於文學，俾之修撰，輿論歸焉。其於後進十數輩，不敢自衒，慮有朋黨之刺也，在相公熟參之。

相公且曰:「史筆之難有三焉:『才也，學也，識也。』」相公豈以館閣諸生才、學、識見皆不及覺邪，則舍此而取彼可矣;若猶未也，相公又何如哉?況朝行混雜也久矣，唯三館兩制非文士不居，一旦又輕之，益掃地矣。必相公盡至公，塞浮議，莫若遍召直館與覺聚而庭試以考之，則是非較然矣。若因而授之，取笑千古之下，則某恥之，相公亦恥之。

矧相公監修國史，得不留意乎？幹犯廊廟，躬俟譴責，某惶懼頓首。（《小畜集》卷十八。）

附錄九：代呂相公辭起復第二表

北宋・王禹偁

草土臣某言：

臣方處哀摧，忽聞恩命，泣血負罪，號天自陳，詔旨未從，荒迷殆絕。中謝。

伏念臣燮調無狀，侍養乖方，於國於家，非忠非孝。不自殞滅，招此鞠凶，敢期苫塊之間，更被絲綸之命。

伏蒙尊號皇帝陛下，曲行恩例，過念遭逢，雖荷寵榮，恐傷風教。況古人重及親之祿，君子有終身之喪。臣雖不才，粗聞斯義，必將負一抔之土，封五尺之墳，慰泉下之幽魂，赴天下之達禮。固非飾詐，乃是常情。

伏望陛下少抑恩私，姑全大體，寢茲成命，俾執通喪，免令不孝之名，有辱具瞻之地。臣無任叫天叩地，哀號殞絕之至。（同上卷二十四。）

附錄十：代呂相公讓右僕射表

北宋・王禹偁

臣某言：

今月日，伏奉制命，授臣守尚書右僕射，仍改賜功臣者。平章三事，績效無聞，師長百僚，恩榮不次。雖聽已行之命，實懷非據之憂。伏念臣猥以常才，驟逢昌運，擢第偶叨於殊級，效官遍歷於清華，皆自聖知，實無公望。

頃者入參大政，遂正中樞，雖堅報主之心，且昧化民之術。炎涼屢換，屍素彌多，洎免鼎司，猶居塚宰，六卿分職，既首冠於班行；五日延英，但祗奉於朝請。省躬知忝，沒齒爲榮，豈意謬荷聖恩，復登臺席?避讓不獲，兢惶失容。

自再秉鈞衡，遽罹寒暑，雖身非土木，粗欲答於鴻私；而職昧經綸，終無裨於至化。有辜重任。罔稱具瞻，固合黜自廟堂，放歸田里；揚於著位，以勵事君。

伏蒙尊號皇帝陛下曲念遭逢，俯存終始，特加端揆，仍賜功臣，矜其不逮之心，所謂退人以禮。然而中臺峻秩，右相古官。若臺司無狀之人，處會府彌高之位，則具僚安仰，後代何觀?

伏望陛下少抑私恩，顯從公議，特追前詔，別授散官。庶使好進之流，詎敢妄動；不才之士，得以小懲。區區懇誠，實非飾讓。幹犯宸嚴，無任感天荷聖、激切屏營之至。（同上卷二十四。）

附錄十一：《(乾隆)淯川縣誌》·呂蒙正

清代・孫和相

呂蒙正，字聖功，河南洛陽人。祖蒙奇，戶部侍郎。父龜圖，起居郎。惡蒙正，逐之，流寓於外，居淯上。

太平興國二年狀元及第，授將作監丞。乃迎父母同居，孝養備至。尋通判升州，陛辭，賜錢二十萬。會征太原，召見行在所，授著作郎，直史館，加左拾遺，尋拜左補闕、知制誥。

父卒，起復，遷都官郎中，入爲翰林學士、

左諫議大夫、參知政事。入朝，有指之曰：此子亦參政邪?蒙正若弗聞，人服其量。尋拜中書戶部尚書、平章事。

淳化中，妻族右正言宋抗上疏忤旨，並罷蒙正爲戶部尚書。四年，復以本官入相。至道初，以右僕射出判河南府兼西京留守。

眞宗卽位，進左僕射。會營永熙陵，蒙正奉家財三百餘萬助之。加太子太師，改封蔡，又改封許。命甫下而卒，年六十八。贈中書令，謚文穆。葬於洧，有祠，春秋致祭。（卷六。）